रसेदार सब्ज़ियाँ

लेखिका
मालती चतुर्वेदी
माधुरी अग्रवाल

लेखन - सहयोग एवं सम्पादन
चित्रा गर्ग

पुस्तक महल®

प्रकाशक
पुस्तक महल

प्रशासनिक कार्यालय एवं विक्रय केन्द्र
J-3/16, दरियागंज, नई दिल्ली-110002
☎ 23276539, 23272783, 23272784 • फैक्स: 011-23260518
E-mail: info@pustakmahal.com • Website: www.pustakmahal.com

शाखाएं
बंगलुरू: ☎ 080-2234025 • टेलीफैक्स: 080-22240209
E-mail: pustak@sancharnet.in • pustak@airtelmail.in

मुंबई: ☎ 022-22010941, 022-22053387
E-mail: rapidex@bom5.vsnl.net.in

पटना: ☎ 0612-3294193 • टेलीफैक्स: 0612-2302719
E-mail: rapidexptn@rediffmail.com

ISBN 978-81-223-0475-6
संस्करण: 2014

RAJDHANI BOOK BINDING
22/4. Matiala Gaon, Uttam Nagar, New Delhi-110 059

प्रकाशकीय

भारतीय व्यंजन श्रृंखला का यह पुष्प आपको सौंपते हुए हमें हार्दिक प्रसन्नता हो रही है। अलग तरह का यह अनूठा प्रयास 'पुस्तक महल' के जनप्रिय प्रकाशनों की श्रृंखला में एक और उल्लेखनीय कड़ी होगी।

इस पुस्तक में भारतीय भोजन के आवश्यक अंग सब्जी की कुछ विशेष प्रकार की जानकारी दी गई है। यह पुस्तक प्रत्येक घर में भोजन के स्वाद को जगाएगी। अनेक आपेक्षित रंग-बिरंगे चित्रों के साथ सरल और सहंज भाषा में इसे आपके सामने प्रस्तुत किया गया है।

रसेदार सब्जियां पुस्तक में विभिन्न प्रकार की ग्रेवियां बनाने की विधियां बताईं गई है, जो एक जगह इतने विशिष्ट अंदाज में अन्य कहीं शायद ही मिलें। ग्रेवी का बेजोड़ स्वाद आप भी ले सकते हैं, इस पुस्तक के द्वारा । साथ ही इसकी सबसे बड़ी विशेषता यह है कि इसमें रसेदार सब्जियों को विविध तरह से प्रस्तुत किया गया है, जिससे आपकी पाक-प्रवीणता में वृद्धि होगी।

इस पुस्तक को पढ़कर भारतीय भोजन से अपरिचितों को उपयोगी जानकारी प्राप्त होगी, उनकी रुचि बढ़ेगी। नव-शिक्षुओं की भोजन पकाने संबंधी संकल्पनाओं का कैनवास बढ़ेगा और भोजन-प्रियों को नई-नई सब्जी बनाने और बनाकर खिलाने में आत्मतुष्टि मिलेगी।
इस पुस्तक के द्वारा हर ऐसी पढ़ी-लिखी महिलाएं पाक—कला में प्रवीण हो जाएंगी जिनकी रुचि शुरू में भोजन बनाने में नहीं थी अथवा समयाभाव के कारण वे भोजन बनाने से वंचित रह गईं थीं।

गृहिणियों/पाठकों की मदद हेतु इस पुस्तक में जो माप-तौल की इकाई दी गई है, वह मेट्रिक प्रणाली में है। कृपया यह भी स्मरण रखें कि एक चम्मच 5 ग्राम के करीब होता है। उचित मात्रा की जानकारी के लिए पुस्तक के अन्त में दी गई सारणी को सामने रखें। अनुपात में सामग्री को मिलाकर रुचिकर सब्जियां बनाएं।

हमारी यह प्रस्तुति आपके हाथ में है। इससे आप कहां तक सहमत हैं, साथ ही हमसे आपकी और अपेक्षाएं क्या हैं। पुस्तक आपकी है, प्रयास हमारा है और स्वाद पर जन-जन का अधिकार है।

— *प्रकाशक*

सूची

रसेदार (ग्रेवी) .... 64 - 67

रसेदार सब्जियां .... 70 - 84

मिश्रित सब्जियां .... 85 - 111

लपटवां सब्जी (ग्रेवी सहित)

लपटवां सब्जी का तात्पर्य है कि वह सब्जी न तो रसेदार हो, न ही सूखी, अर्थात् वह गाढ़े घोल में बनी हो। अतः लपटवां सब्जी में उसका सालन घोल ही उसे स्वादिष्ट बनाता है, क्योंकि उसमें मसालों के स्वाद के अलावा सब्जी का फ्लेवर भी होता है।

लपटवां सब्जी कितनी गाढ़ी हो?

लपटवां सब्जी का घोल काफी गाढ़ा होना चाहिए, तभी सब्जी स्वादिष्ट लगती है। अतः लपटवां सब्जी पकाते वक्त देखें कि कलछी में सब्जी लेकर उलटने पर वह एकदम न गिरे, वरन् कलछी में रूकने लगे। यदि सब्जी में ज्यादा रसा हो, तो उसे अधिक देर पकाना चाहिए।

लपटवां सब्जी बनाने की विधियां :

1. किसी भी सब्जी को अधिक देर तक उबाला जाए, तो उसका रसा सब्जी के साथ उबलकर गाढ़ा हो जाता है और लपटवां सब्जी बन जाती है।

2. लपटवां सब्जी को जल्दी गाढ़ा करने के लिए दही, टमाटर अथवा आलू मथकर डाल देते हैं।

3. गूदेदार सब्जियों (बैगन, आलू, अरवी, काशीफल आदि) को छोड़कर अन्य सब्जियों को लपटवां बनाने के लिए टमाटर, पालक, बथुआ आदि को पीसकर व घोलकर सब्जी के साथ मिलाया जाता है।

4. बेसन, बाजरा, मक्के का आटा, मैदा व सूजी के संपुट से अर्थात् पानी में घोलकर मिलाने से सब्जी में गाढ़ापन आता है और सब्जी लपटवां बनती है।

5. भीगी दालें और उनकी पिट्ठी का प्रयोग भी गाढ़ेपन लपेटन के लिए किया जाता है।

6. जिन सब्जियों के लिए अधिक सालन की आवश्यकता नहीं होती, उन्हें चिकनाई के साथ ही पिसे मसालों को भूनकर लपटवां बना लिया जाता है। दही, हरी मिर्च, अदरक, हरा धनिया, पुदीने की चटनी आदि का प्रयोग भी लपटवां सब्जी में किया जाता है।

सावधानी :

1. कड़ाही (लोहे या पीतल की) में अमचूर डालते ही सब्जी काली पड़ जाती है। अतः सब्जी स्टील के भगोने, फ्राइंग पैन या कुकर में ही पकानी चाहिए। यदि कड़ाही में ही सब्जी पकानी हो, तो अमचूर डालने के पूर्व ही उसे स्टील के बर्तन में निकाल लेना चाहिए।

2. तुरंत तैयार अत्यधिक गर्म सब्जी को कांच के डोंगे में जहां तक हो, नहीं निकालना चाहिए या फिर कांच के डोंगे में स्टील का चम्मच खड़ा कर देना चाहिए, ताकि कांच चटके नहीं।

3. लपटवां सब्जी में मसाले जितने बारीक पिसे होंगे, उतना ही अधिक मजा सब्जी खाने में आएगा, क्योंकि वे इक-दिल हो जाएंगे।

4. लपटवां सब्जी में डाले जाने वाले आलू, टमाटर आदि को भली प्रकार पकाना चाहिए, अन्यथा इनकी कचाहट (कच्चापन) सब्जी का स्वाद खराब कर देगी। यदि गाढ़ा करने वाली सामग्री का प्रयोग आरंभ से ही किया जाए, तो उसके कच्चे रहने की गुंजाइश नहीं होती है, परंतु यदि सामग्री को बाद में मिलाना हो, तो पकाकर ही मिलाना चाहिए।

5. बाद में मिलाई जाने वाली किसी भी सामग्री को तेल/घी में सुर्ख भून लेना चाहिए। ऐसे भुने हुए पदार्थ को सब्जी में मिलाते समय या पानी में घोलते समय ध्यान रखना चाहिए कि गोलियां या गांठें न पड़ जाएं। सामग्री को धीरे-धीरे डालकर मिलाते जाना चाहिए।

6. दही को भली प्रकार फेंटकर मिलाना चाहिए, नहीं तो दही की फुटकें (गांठें) रह जाती हैं।

विशेष :

1. छौंक के जीरे आदि के अलावा अंत में भी थोड़ा-थोड़ा कच्चा जीरा-हींग डालने से स्वाद में वृद्धि होती है। अतः पकने के बाद उतारते समय थोड़ा इनका संपुट भी दे देना चाहिए।

2. लपटवां सब्जी सूखी या भरवां सब्जी के मुकाबले अधिक स्वादिष्ट तथा पाचक होती है और परोसने में भी आसान होती है। अतः इसकी ग्रेवी / लपेटन इतनी गाढ़ी होनी चाहिए कि थाली या प्लेट में डालने पर बहे नहीं, बल्कि सब्जी में लिपटी रहे।

लपटवां सब्जी साबूत भी हो सकती है और लंबी या गोल आकार में कटी हुई भी। सब्जी को छीलने के पश्चात् अथवा काटकर इच्छानुसार पकाना चाहिए।

लपटवां आलू : लपटवां आलू विभिन्न विधियों से बनाए जा सकते हैं। इन सभी विधियों से बनाई गई आलू की सब्जी का स्वाद भिन्न होता है। आप अपनी रूचि के अनुसान कोई भी विधि अपना सकती हैं।

लपटवां आलू

पहली विधि : आलुओं को उबालें, छीलें और धोएं। पौन भाग आलुओं की चार-चार, (यदि बड़े हैं, तो आठ-आठ) फांकें कर लें। चौथाई भाग को मथ लें। कड़ाही में घी / तेल डालकर हींग, जीरा, प्याज, राई, मेथी अथवा अजवायन, जिसकी चाहें, छौंक तैयार करें। छौंक के सुर्ख होने पर चौथाई भाग मथे आलुओं को छौंक में डाल दें। नमक, हल्दी और आधे मसाले (खटाई के अलावा) डालकर भली-भांति मिलाएं। थोड़ा-सा पानी छोड़ें, ताकि मथे आलू डूब जाएं। उस घोल को चलाकर आलू की फांकें छोड़ दें। खदक आने पर अमचूर, गरम मसाला और हरा धनिया डालें तथा 5-7 मिनट में लपटवां बनने पर उतारें।

दूसरी विधि : आलू को छीलें और लंबी - लंबी फांकों में काटकर धो लें। कुकर में घी / तेल में जीरे की छौंक तैयार करें। जीरा भुन जाने पर फांकों को डाल दें। नमक, मिर्च, हल्दी, पिसा धनिया और 1 गिलास पानी डाल दें। हरी मिर्च व अदरक भी बारीक काटकर डालें। कुकर बंद करें। 3 सीटी बज जाने पर गैस बंद करें। कुकर खोलकर कलछी से आलू के कुछ टुकड़ों को फोड़कर आलू चला दें। हरा धनिया, अमचूर, गरम मसाला व काला नमक डालकर गैस पर आलू गाढ़े होने तक पकाएं।

तीसरी विधि : दूसरी विधि के समान आलू छौंककर कुकर में पकाएं। फिर अंत में गाढ़ा करने के लिए निम्न विधि से आलू बनाएं - लौंग का छौंक अलग से तैयार करें। दही को फेंटकर / छानकर उसमें डालें। उबाल आने पर आलुओं में मिला दें और सारी सब्जी को पुनः उबाल लें। सब्जी लपटवां होने लगे, तो गरम मसाला व काला नमक बुरक दें।

सामग्री :

आलू	: *250 ग्राम*
नमक	: *स्वादानुसार*
हल्दी	: *1 चम्मच*
प्याज	: *इच्छानुसार*
जीरा	: *1 चम्मच*
हींग	: *मूंगदाना समान*
गरम मसाला	: *1 चम्मच*
लाल मिर्च	: *1 चम्मच*
धनिया	: *1 चम्मच*
हरा धनिया	: *10 ग्राम*
अमचूर	: *1 चम्मच*
काला नमक	: *चुटकीभर*
लौंग	: *8-10*
दही	: *6 चम्मच*
राई	: *आधा चम्मच*
मेथी	: *आधा चम्मच*
अजवायन	: *आधा चम्मच*
टमाटर का रस	: *100 ग्राम*
मटर के दाने	: *50 ग्राम*
पिसे मखाने	: *15 ग्राम*
खसखस के दाने	: *10 ग्राम*
घी / तेल	
छौंक के लिए	: *20 ग्राम*
भुनने के लिए	: *40 ग्राम*

चौथी विधि : पहले हींग / जीरे / प्याज में से कोई भी छौंक तैयार करें। जब लगभग 2 मिनट में छौंक तैयार हो जाए, तो उसमें टमाटर बारीक काटकर डालें। 5-7 मिनट चलाकर उसे गाढ़ा करें। तब उबले आलुओं की फांकों को डालें। नमक, हल्दी, मिर्च-मसाले डालकर धीरे-धीरे चलाएं। 5-7 मिनट बाद हरा धनिया, गरम मसाला और काला नमक डालकर उतारें। यदि अधिक खटाई पसंद हो, तो ऊपर से थोड़ा अमचूर बुरकें या नीबू का 2 बूंद रस टपका दें।

नोट : उपर्युक्त विधि से टमाटर के रस के साथ दही मिलाकर भी लपटवां आलू बनाए जा सकते हैं।

पांचवीं विधि : हींग / जीरे / प्याज / राई में से किसी एक विधि से छौंक तैयार करें। मटर पीसकर 5 मिनट तक छौंक में भूनें। तब थोड़ा मट्ठा डालें और उबले आलू की फांकों को डालकर गाढ़ा होने दें। फिर मिर्च-मसाले, नमक और हल्दी मिलाएं। गरम मसाला और हरा धनिया बुरक दें।

छठी विधि : हींग /जीरा / अजवायन /राई / मेथी/ प्याज में से किसी एक विधि से छौंक तैयार करें। उसमें पिसे मखाने डालकर भूनें। यदि उबले आलू की फांक डालने हैं, तो थोड़ा पानी डालकर नमक, हल्दी, मिर्च और आलू डालें। गरम मसाला, हरा धनिया तथा काला नमक डालकर मखाने के लपटवां आलू खिलाएं। यदि कच्चे आलू की फांकों को डालना है, तो पिसे भुने मखानों में आलू डालकर इतना पानी डालें कि आलू आधे डूब जाएं। 20-25 मिनट बाद सभी मसाले, हरा धनिया आदि डालकर लपटवां होने पर उतारें।

नोट : पिसे मखाने के स्थान पर खसखस (पोस्ता दाना) को पीसकर इस्तेमाल करें और किसी भी उपर्युक्त विधि से छौंककर आलू तैयार करें।

लपटवां परवल

सामग्री :

परवल	: 250 ग्राम
हल्दी	: आधा चम्मच
नमक	: स्वादानुसार
लाल मिर्च	: आधा चम्मच
धनिया	: 1 चम्मच
अमचूर	: 1 चम्मच
हरा धनिया	: 10 ग्राम
गरम मसाला	: आधा चम्मच
जीरा	: आधा चम्मच
दही	: 200 ग्राम
काला नमक	: चुटकीभर
मखाना	: 20 ग्राम
पनीर	: 100 ग्राम
प्याज	: इच्छानुसार
हींग	: मूंगदाना समान
अनारदाना	: 1 चम्मच
घी / तेल (छौंक)	: 20 ग्राम
टमाटर का रस	: 200 ग्राम
घी / तेल (भूनना)	: 30 ग्राम
खसखस के दाने	: 10 ग्राम
रवा / पिट्ठी दाल	: 2 चम्मच
धनिया / अदरक	: 50 ग्राम

पहली विधि : परवल को छीलें और नोक काटकर धो लें। चार-चार फांकें करें। कड़ाही में घी / तेल के साथ हींग-जीरे का या प्याज-लहसुन का छौंक तैयार करें और रवा या पिट्ठी को सुर्ख भूनें तथा कटी फांकों को छौंक दें। ऊपर से हल्दी, नमक डालें और भली-भांति मिलाएं। थोड़ा पानी डालें और ढक दें। बीच में एक-दो बार ऊपर-नीचे कर दें। आग बीच की रखें। लगभग 25 मिनट तक पकने पर एक-एक करके सभी मिर्च-मसाले डालें। जब लपटवां हो जाएं, तो गरम मसाला और कटा हरा धनिया डालकर उतारें।

दूसरी विधि : कड़ाही में पर्याप्त चिकनाई में सभी मसाले भूनें। फांकों को धोकर डालें। मसाले में भली-भांति मिलाएं। थोड़ा पानी डालें और ढक दें। बीच में एक-दो बार ऊपर-नीचे कर दें। आग बीच की रखें। लगभग 25 मिनट तक पकने पर एक-एक करके सभी मिर्च-मसाले डालें और जब लपटवां हो जाएं, तो गरम मसाला और कटा हरा धनिया डालें और उतारें।

तीसरी विधि : कड़ाही में पर्याप्त चिकनाई में सभी मसाले भूनें। फांकों को धोकर डालें। मसाले में भली-भांति मिलाकर, नमक-हल्दी छोड़कर बिना पानी डाले ढक दें। आग मंद रखें। बीच में दो-तीन बार ऊपर-नीचे करें। 20 मिनट तक पकने पर दही मथकर डालें। 5-7 मिनट में इच्छानुसार लपटवां बनने पर पिसा धनिया, हरा धनिया, गरम मसाला तथा काला नमक डालकर उतारें।

अन्य विधियां :

दही के बजाय टमाटर के रस का प्रयोग करें और उपर्युक्त विधि से बनाएं। 50 प्रतिशत दही और 50 प्रतिशत टमाटर के रस का लपटाव भी बड़ा रुचिकर बनता है।

अथवा

छौंक मसाले 50 प्रतिशत, बेसन या दाल पिट्ठी का घोल व पिसे मखाने भूनकर थोड़ा पानी डालकर चार फांक में कटे-धुले परवलों को इच्छानुसार बनाएं। सिझने पर शेष मसाला और हरा धनिया डालें।

अथवा

परवल की चार-चौंर फांकें करें। घी/तेल के साथ हींग-जीरे की छौंक, 50 प्रतिशत मसाले, दही 2 चम्मच, 2 चम्मच रवा (सूजी) तथा थोड़ा पानी डालकर सब्जी को लपटवां बनाएं। 25 मिनट तक गलने पर अंत में शेष 50 प्रतिशत मसाला और हरा धनिया डालें।

अथवा

उपर्युक्त किसी भी विधि से परवलों को सिझा लें। पर्याप्त हरा धनिया, वजन में उतना ही अदरक, स्वादानुसार हरी मिर्च, अनारदाना बारीक पीसकर चटनी बनाकर अंत में मिला दें। गरम करके उतारें। गरम मसाला और हरा धनिया छोड़ें।

अथवा

छौंक मसाले तथा दही को 5-7 मिनट तक पकाएं। परवलों को उसमें डालें। जब सिझ जाए, तब पनीर के टुकड़े डालें। 5 मिनट बाद गरम मसाला और हरा धनिया डालें, फिर उतारकर परोसें।

लपटवां टमाटर

सामग्री :

टमाटर	: 250 ग्राम
प्याज	: इच्छानुसार
हींग	: मूंगदाना समान
जीरा	: आधा चम्मच
हल्दी	: आधा चम्मच
लाल मिर्च	: आधा चम्मच
धनिया	: 1 चम्मच
गरम मसाला	: आधा चम्मच
नमक	: स्वादानुसार
नीबू	: आधा
पनीर	: 50 ग्राम
चीनी	: 1 चम्मच
काला नमक	: चुटकीभर
घी/तेल	: 20 ग्राम

विधि : कड़ा सुर्ख टमाटर काटकर या साबूत लगभग 5 मिनट तक भाप में रखें। छिलका उतार दें। हींग-जीरा या प्याज को घी / तेल में भली-भांति भूनकर टमाटर के गूदे को छौंक दें। नमक, हल्दी और अन्य मसाले छोड़ें। जब पानी सूख जाए, तो गरम मसाला व हरा धनिया डालें और स्वाद लें।

अथवा

छौंक में सभी मिर्च-मसालों को भूनें। जब 2-3 मिनट में वे भली-भांति मिलकर भुन जाएं, तब उनमें टमाटर का गूदा मिलाएं और उसका पानी सुखाकर लपटवां टमाटर बनाएं। अंत में उतारते समय गरम मसाला और हरा धनिया डालें तथा 2 बूंद नीबू का रस व काला नमक डालकर स्वाद लें।

अथवा

अंत में भुने पनीर के टुकड़े मिलाकर लपटवां टमाटर का स्वाद लें।

अथवा

अंत में जरा-सी चीनी और कसे हुए अदरक को नीबू के रस के साथ डालकर खाएं।

बैगन

सामग्री :

बैगन	*: 250 ग्राम*
हल्दी	*: आधा चम्मच*
नमक	*: स्वादानुसार*
लाल मिर्च	*: आधा चम्मच*
धनिया	*: 1 चम्मच*
अमचूर	*: 1 चम्मच*
हरा धनिया	*: 10 ग्राम*
गरम मसाला	*: आधा चम्मच*
घी/तेल (छौंक):	*20 ग्राम*
प्याज	*: इच्छानुसार*
हींग	*: मूंगदाना समान*

पहली विधि : बिना छीले बैगनी रंग के बिना सिकुड़े ताजा बैगन लें। लंबी-लंबी फांकें करके पानी में डालते जाएं। कड़ाही में घी / तेल व हींग डालकर छौंक तैयार करें। उसमें पानी से निकाल-निकालकर फांकों को डालें। नमक, हल्दी, मिर्च, मसाले डालें (अमचूर छोड़कर), ढक दें और बीच-बीच में पलटते रहें। आग मंद कर दें। 20 मिनट बाद पक जाने पर गरम मसाला, हरा धनिया तथा खटाई छोड़ें और उतारकर लपटवां बैगनों का स्वाद लें।

दूसरी विधि : छोटे बैगन लेकर बीच से चार टुकड़े कर ऊपरी सिरा जुड़ा रहने दें। सारे मसाले अमचूर सहित मिलाकर 1-2 चम्मच पानी मिलाकर पेस्ट-सा बना लें और बैगनों में भर दें। अब कुकर में प्याज को घी में गुलाबी हो जाने तक भूनें। उसके पश्चात् बैगन डाल दें और आधी कटोरी पानी डालें। कुकर बंद कर दें। एक सीटी आने पर गैस बंद करें। फिर कुकर खोलकर चलाएं। गाढ़े रसे में पके बैगन तैयार होंगे।

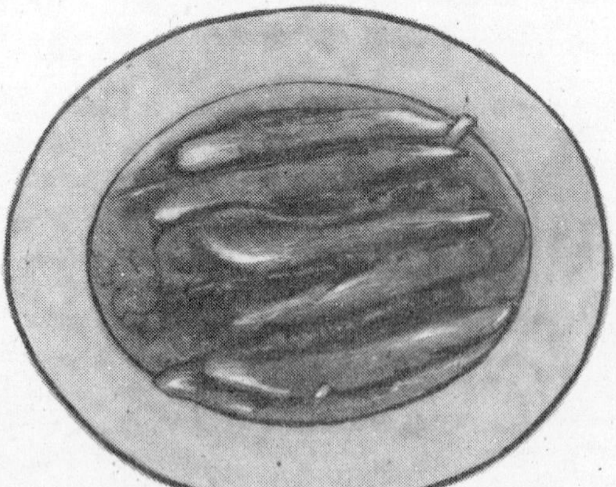

सेम

सामग्री :

सेम	: 250 ग्राम
नमक	: स्वादानुसार
हल्दी	: आधा चम्मच
लाल मिर्च	: आधा चम्मच
गरम मसाला	: आधा चम्मच
जीरा	: आधा चम्मच
पिसा धनिया	: 1 चम्मच
प्याज/लहसुन	: इच्छानुसार
अमचूर	: आधा चम्मच
घी / तेल	: 40 ग्राम
टमाटरों का रस	: आवश्यकतानुसार
दही	: आवश्यकतानुसार

विधि : दोनों सिरों की घुंडियां तोड़ें। सेम की लंबाई वाला रेशा निकाल दें। सेम के छोटे-छोटे टुकड़े करें और धो लें। बीजों को अलग न करें। कड़ाही में घी / तेल गरमाकर हींग-जीरा या लहसुन-प्याज, जिस प्रकार की छौंक की रुचि हो, तैयार करें। लगभग 2 मिनट बाद (अमचूर के अलावा) सब मसाले और सेम डाल दें। नमक-हल्दी आदि ऊपर से छोड़कर भली-भांति मिलाकर मंद आग पर ढक दें। 5-5 मिनट पर उलट-पलट करते रहें। लगभग 15-20 मिनट में पकने पर वे अपना रसा-सा छोड़ देंगी, जिसमें लिपटी रहेंगी। अब अमचूर, गरम मसाला तथा कटा हरा धनिया डालें। 2 मिनट के लिए ढकें और फिर उतारकर स्वाद लें।

अथवा

छौंक में मसाले के साथ थोड़ा टमाटर रस डालकर मिला लें और ऊपर की क्रिया से सेम छौंककर बनाएं।

अथवा

ऊपर की किसी भी विधि से सेम पका लें। थोड़ा दही डालें और भली-भांति मिलाएं। ऊपर से गरम मसाला, पिसा धनिया और हरा धनिया काटकर डालें।

लपटवां तोरई

सामग्री :

तोरई	*: 250 ग्राम*
नमक	*: स्वादानुसार*
हल्दी	*: आधा चम्मच*
लाल मिर्च	*: आधा चम्मच*
धनिया	*: 1 चम्मच*
गरम मसाला	*: आधा चम्मच*
हरा धनिया	*: 10 ग्राम*
जीरा	*: आधा चम्मच*
प्याज	*: इच्छानुसार*
अमचूर	*: आधा चम्मच*
घी / तेल	*: 20 ग्राम*

विधि : हरी, कड़ी बिना दाग-दगीली ताजा तोरई लें। दोनों सिरों की नोक काट दें, तब छीलें। खुरचें या मोटा छिलका उतारें। मनमुताबिक आकार के टुकड़े करके धो लें। कड़ाही में घी / तेल गरम करें और जो छौंक मनपसंद हो (हींग-जीरा या प्याज या हींग-राई आदि) डालें। भूनें और तोरई को डाल दें। ऊपर से नमक-हल्दी व एक कटोरी पानी भी डालें तथा चलाकर ढक दें। बीच-बीच में चलाती जाएं। लगभग 15-20 मिनट बाद शेष मसाले डालें तथा गरम मसाला व हरा धनिया छोड़कर दो मिनट ढककर उतार लें। यदि पानी रह गया हो, तो उसे लपटवां होने तक सुखाएं।

सिंघाड़ा

सामग्री :

सिंघाड़ा	*: 250 ग्राम*
नमक	*: स्वादानुसार*
हल्दी	*: आधा चम्मच*
जीरा	*: आधा चम्मच*
हींग	*: मूंगदाना समान*
धनिया	*: आधा चम्मच*
काली मिर्च	*: आधा चम्मच*
काला नमक	*: चुटकीभर*
घी / तेल	*: 20 ग्राम*
हरा धनिया	*: 10 ग्राम*
अमचूर	*: आधा चम्मच*
नीबू	*: आधा*
दही	*: 50 ग्राम*

विधि : सिंघाड़े छीलकर धोएं। एक सिंघाड़े के 2-3 टुकड़े करें। कुकर में घी में हींग-जीरे का छौंक लगाएं। दही को फेंटकर थोड़ा-सा पानी मिलाकर छौंक में डालें। साथ ही मसाले भी डाल दें। थोड़ी देर उबाल आने पर नमक व सिंघाड़े के टुकड़े डाल दें। कुकर बंद करें। एक सीटी आने पर गैस बंद करें।

थोड़ी देर में भाप निकल जाने पर कुकर खोलें। अमचूर, हरा धनिया व काला नमक डालें। 2-4 बूंद नीबू का रस डालकर स्वाद लें।

नोट *:* बिना छीले सिंघाड़े पहले उबालकर, फिर ऊपर की विधि से भी सब्जी बनाई जा सकती है।

शाही आलू

लपटवां आलू

रसेदार तोरी

अरवी

विधि : कुकर में छिलके सहित अरवी उबालें। फिर छीलें। धोने के बाद पानी निकालकर अरवी रखें। साबूत या गोल या लम्बी– जैसी बनाना चाहें, उन्हें काट लें। कड़ाही में घी / तेल में अजवायन की छौंक तैयार करें। अजवायन को काली न होने दें। नमक, हल्दी और सभी मसाले (अमचूर छोड़कर) मिलाएं। अरवी छौंकें और मसाले में अच्छी तरह मिलाएं। ऊपर से थोड़ा-थोड़ा दही डालकर लपटवां बना लें। तब थोड़ा अमचूर, काला नमक, गरम मसाला और हरा धनिया काटकर डालें।

अथवा

कच्ची अरवी छीलकर, धोकर, काटकर उपर्युक्त तरीके से छौंककर बनाएं।

अथवा

अरवी के गलने पर उसमें दही डालकर उसे मसालों में भली-भांति मिलाएं। ऊपर से अजवायन का चूरा डालें और स्वाद लें।

सामग्री :

अरवी	: 250 ग्राम
हल्दी	: आधा चम्मच
अजवायन	: 1 चम्मच
नमक	: स्वादानुसार
धनिया	: 1 चम्मच
हरा धनिया	: 10 ग्राम
लाल मिर्च	: आधा चम्मच
अमचूर	: 1 चम्मच
दही	: 50 ग्राम
हींग	: मूंगदाना समान
गरम मसाला	: 1 चम्मच
प्याज	: इच्छानुसार
काला नमक	: चुटकीभर
घी/तेल (छौंक):	20 ग्राम

कच्चा केला

सामग्री :

केला	*: 250 ग्राम*
नमक	*: स्वादानुसार*
हल्दी	*: आधा चम्मच*
धनिया	*: 1 चम्मच*
हरा धनिया	*: 10 ग्राम*
लाल मिर्च	*: आधा चम्मच*
अमचूर	*: 1 चम्मच*
जीरा	*: आधा चम्मच*
हींग	*: मूंगदाना समान*
काला नमक	*: चुटकीभर*
टमाटर	*: 100 ग्राम*
प्याज	*: इच्छानुसार*
घी/तेल (छौंक)	*: 20 ग्राम*
दही	*: 25 ग्राम*
गरम मसाला	*: आधा चम्मच*

विधि : कच्चा केला छीलकर उसके गोल / लंबे टुकड़े करें और धो लें। कड़ाही में घी/तेल डालकर हींग / जीरा या प्याज को गुलाबी भूनकर अमचूर के अतिरिक्त सभी मसाले भूनें (चाहें तो आधे मसाले भूनें और आधे बाद के लिए रखें)। केले के टुकड़े छौंकें। नमक-हल्दी डालकर भली-भांति भुने मसालों के साथ केलों को मिला दें। थोड़ा पानी डालकर ढक दें। बीच-बीच में उलट-पलट कर लें। 15-20 मिनट बाद पक जाने पर दही डालें और अच्छी तरह मिलाकर थोड़ा अमचूर, काला नमक, गरम मसाला और हरा धनिया काटकर मिला दें। 2 मिनट के लिए ढकें और फिर उतारकर खाएं।

अथवा

केले को बिना छीले कुकर में गला लें। फिर उसका छिलका उतारें और गोलाई या लंबाई में काटें। कड़ाही में घी-तेल में छौंक तैयारकर नमक और अमचूर के अलावा सारे मसाले डाल दें। अब केले के टुकड़े डाल दें और थोड़ा टमाटर का रस डालकर ढक दें। 5 मिनट बाद थोड़ा अमचूर, काला नमक, गरम मसाला और हरा धनिया काटकर डालें। 2 मिनट के लिए ढकें और बाद में परोसें। टमाटर के रस के बजाय दही का भी प्रयोग कर सकते हैं।

जिमीकंद

विधि : अपनी प्रकृति और बनने में अधिक घी / तेल खाने के कारण जिमीकंद को 'गोश्त' की संज्ञा दी जाती है। हाथों में तेल लगाकर जिमीकंद को छीलें। टुकड़े कर लें। लगभग 20 मिनट कुकर में गलाकर पुनः धो लें। कड़ाही में घी / तेल में हींग-लौंग डालकर बघार तैयार करें। अमचूर छोड़कर सभी मसाले उस बघार में भूनें। भूनने के बाद जिमीकंद छौंक दें। हल्दी डालकर जिमीकंद को भली-भांति मिलाएं और ढक्कन से दबा दें। 5-7 मिनट बाद थोड़ा दही छोड़ें। थोड़ा अमचूर, गरम मसाला, हरा धनिया व जीरा पीसकर बुरक दें और बाद में प्रयुक्त करें। दही के स्थान पर टमाटर रस से भी लपटवां बनाया जा सकता है।

अथवा

गलनें के बाद टुकड़ों को घी / तेल में सुर्ख-सुर्ख तल लें और टमाटर के रस या दही मिली छौंक में डाल दें। सभी मसाले मिला दें। 5-7 मिनट बाद जब लपटवां हो जाए, तब ऊपर से थोड़ा अमचूर, पिसा धनिया, हरा धनिया, गरम मसाला तथा काला नमक डालकर उतार लें।

सामग्री :

जिमीकंद	: *250 ग्राम*
नमक	: *स्वादानुसार*
हल्दी	: *आधा चम्मच*
धनिया	: *1 चम्मच*
लाल मिर्च	: *1 चम्मच*
हरा धनिया	: *10 ग्राम*
प्याज	: *इच्छानुसार*
जीरा	: *आधा चम्मच*
हींग	: *मूंगदाना समान*
गरम मसाला	: *1 चम्मच*
दही	: *20 ग्राम*
टमाटर	: *100 ग्राम*
काला नमक	: *चुटकीभर*
अमचूर	: *1 चम्मच*
लौंग	: *10*
घी/तेल (छौंक)	: *50 ग्राम*

काशीफल

सामग्री :

काशीफल	: *250 ग्राम*
नमक	: *स्वादानुसार*
हल्दी	: *आधा चम्मच*
लाल मिर्च	: *आधा चम्मच*
अमचूर	: *1 चम्मच*
धनिया	: *1 चम्मच*
हरा धनिया	: *10 ग्राम*
मेथीदाना	: *5 ग्राम*
सौंफ	: *10 ग्राम*
गरम मसाला	: *आधा चम्मच*
प्याज	: *इच्छानुसार*
काला नमक	: *चुटकीभर*
चीनी/गुड़	: *25 ग्राम*
पनीर	: *100 ग्राम*
पुदीना पत्ती	: *4*

विधि : यदि काशीफल का छिलका कड़ा हो, तो छील दें । (छिलकों को फेंकें नहीं, छिलके की सब्जी वाले पृष्ठ पर देखें) भीतर का मुलायम गूदा और बीज निकाल दें। उसे टुकड़ों में काट लें तथा धोएं। कड़ाही में घी / तेल छोड़कर मेथी या आधी सौंफ की छौंक तैयार करें और थोड़ी हींग भी छोड़ें। जब छौंक तैयार हो जाए, तब मसाले (खटाई को छोड़कर) भूनें और काशीफल छौंक दें। नमक डाल दें और ढक दें। काशीफल अपने पानी में गलकर लपटवां हो जाएगा। पक जाने पर अमचूर डालें। काला नमक, गरम मसाला और कटा हरा धनिया बुरक दें तथा 2 मिनट के लिए ढकें। उतारकर शेष सौंफ का चूर्ण डालें, तब परोसें।

अथवा

ऊपर की विधि से काशीफल बनाकर अंत में थोड़ी चीनी /गुड़ और कुछ अधिक अमचूर डालें, काला नमक, गरम मसाला और हरा धनिया छोड़ें और उतारकर स्वाद लें। काशीफल में कच्चे आम का पना और टुकड़े भी डाल सकते है।

अथवा

ऊपरी विधि से काशीफल बनाकर अंत में पनीर के तले हुए टुकड़े और कसा हुआ अदरक डालें। फिर खाएं और खिलाएं। पुदीना पत्ती डाल दें, तो विशेष जायका मिलेगा।

बंगाली घुइयां

विधि : यह छोटे पपीते के समान मोटा और नई अरवी के रूप-रंग का होता है। इसके दोनों सिरों पर जटाजूट सहित उभरे छेदों वाला भाग होता है। इसे काट दें और हाथ में तेल लगाकर छीलें तथा काटें। टुकड़ों को उबालें। कड़ाही में घी/तेल गरमाकर अजवायन की छौंक तैयार करके मसाले भूनें और नमक-हल्दी के साथ टुकड़ों को डाल दें। 5 मिनट बाद अमचूर, गरम मसाला और हरा धनिया मिलाकर परोसें (छौंक में मसालों के साथ दही मिलाकर भी ऊपर की विधि से इसे बनाया जाता है)।

नोट : बंगाली घुइयां मोटा सफेद रतालू होता है।

सामग्री :

बंगाली घुइयां	: *250 ग्राम*
नमक	: *स्वादानुसार*
अजवायन	: *आधा चम्मच*
प्याज	: *इच्छानुसार*
लाल मिर्च	: *आधा चम्मच*
धनिया	: *1 चम्मच*
दही	: *50 ग्राम*
हींग	: *मूंगदाना समान*
काला नमक	: *चुटकीभर*
हरा धनिया	: *10 ग्राम*
हल्दी	: *आधा चम्मच*
घी / तेल	: *20 ग्राम*

कचालू

विधि : कचालू के दो-दो हिस्से करके कुकर में गलाएं और छीलें। घी/तेल में अजवायन का छौंक तैयारकर दही डालें और मसाले भूनें। कचालू को मिला दें। नमक-हल्दी डालकर 5 मिनट के लिए ढककर अमचूर, धनिया (सूखा तथा हरा) व गरम मसाला छोड़ें। थोड़ा काला नमक बुरक दें। दही के बजाय थोड़ा पानी डालकर भी इसे बना सकते हैं। शेष प्रक्रिया समान है।

सामग्री :

कचालू	: *250 ग्राम*
नमक	: *स्वादानुसार*
अजवायन	: *आधा चम्मच*
प्याज	: *इच्छानुसार*
लाल मिर्च	: *आधा चम्मच*
पिसा धनिया	: *1 चम्मच*
दही	: *50 ग्राम*
हींग	: *मूंगदाना समान*
काला नमक	: *चुटकीभर*
हरा धनिया	: *10 ग्राम*
हल्दी	: *आधा चम्मच*
घी / तेल	: *20 ग्राम*

रतालू

सामग्री :

रतालू	: *250 ग्राम*
लौंग	: *10*
हींग	: *मूंगदाना समान*
हल्दी	: *आधा चम्मच*
नमक	: *स्वादानुसार*
सूखा धनिया	: *1 चम्मच*
अमचूर	: *1 चम्मच*
गरम मसाला	: *आधा चम्मच*
प्याज	: *इच्छानुसार*
काला नमक	: *चुटकीभर*
दही	: *50 ग्राम*
टमाटर	: *100 ग्राम*
घी / तेल	: *40 ग्राम*

विधि : रतालू दक्षिण में बहुप्रचलित सब्जी है। यह ककड़ी जैसी लंबी और कड़ी डंडी-सी होती है। काटने पर अंदर से लाल निकलती है और रसेदार बनाने पर लाल रंग देती है। इसको छीलकर गोल-गोल काट लें। धोएं और उसके बाद घी / तेल में लौंग का बघार तैयार करके अमचूर के अतिरिक्त सभी मसाले भूनें। थोड़ा पानी डालकर, हल्दी-नमक छोड़कर, उन मसालों में इसे छौंककर भली-भांति मिला दें और ढक दें। लगभग 20 मिनट बाद गल जाने पर अमचूर, गरम मसाला, हरा धनिया और काला नमक डालें तथा स्वाद लें।

अथवा

छील-धोकर काटने के बाद कुकर में उबालें। फिर उपर्युक्त विधि से बनाएं। लौंग की छौंक इसके अच्छे स्वाद का रहस्य है।

अथवा

कुकर में उबले रतालू में थोड़ा दही या टमाटर का रस मिलाकर लपटवां बनाकर सभी मसालों का स्वाद लें। प्रक्रिया ऊपर की भांति ही होगी।

कटहल

विधि : हाथ और चाकू में भी तेल चुपड़कर इसे छीलें, ताकि इसका दूधनुमा लसलसा पदार्थ हाथों में न चिपके। काटकर गुठलियां अलग करें। उनका छिलका निकाल दें और उन्हें छोटा-छोटा काटें या काटकर मोटा-मोटा पीस लें। घी/तेल में प्याज, जीरा और हींग की छौंक तैयारकर नमक-हल्दी (अमचूर छोड़कर) सहित सभी मसाले भूनें। भुनने पर कटहल के टुकड़े डाल दें। भली भांति चलाकर थोड़ा-सा पानी डालकर ढक दें। 20-25 मिनट तक गलने दें। बीच-बीच में चलाते जाएं। जब पक जाए, तो गरम मसाला और हरा धनिया डालें। थोड़ा-सा काला नमक बुरकें और स्वाद लें।

अथवा

छोटा-छोटा काटकर उबालें और उक्त विधि से बनाएं। छौंक में मसाले के साथ टमाटर का रस या दही का प्रयोग करें।

नोट : कुकर अथवा लोहे की कड़ाही में बनाने पर इसका स्वाद एकदम भिन्न होता है।

सामग्री :

कटहल	: 250 ग्राम
घी / तेल	: 50 ग्राम
नमक	: स्वादानुसार
हल्दी	: आधा चम्मच
अमचूर	: 1 चम्मच
धनिया	: 1 चम्मच
लाल मिर्च	: आधा चम्मच
जीरा	: आधा चम्मच
हींग	: मूंगदाना समान
गरम मसाला	: 1 चम्मच
प्याज	: इच्छानुसार
काला नमक	: चुटकीभर
दही	: 50 ग्राम
हरा धनिया	: 10 ग्राम
घी / तेल	: 50 ग्राम
टमाटर का रस	: 50 ग्राम

बेर

सामग्री :

बेर	: 250 ग्राम
नमक	: स्वादानुसार
हल्दी	: आधा चम्मच
जीरा	: आधा चम्मच
हींग	: मूंगदाना समान
धनिया	: आधा चम्मच
काली मिर्च	: आधा चम्मच
काला नमक	: चुटकी भर
घी / तेल	: 20 ग्राम
चीनी	: आधा चम्मच
दही	: 20 ग्राम
अमचूर / नीबू	: आधा चम्मच/ आधा

पहली विधि : बेर काटकर गुठली निकाल दें और बेर धो लें। कुकर में घी डालकर हींग-जीरे की छौंक लगाएं। जीरा गुलाबी हो जाने पर बेर के टुकड़े, नमक, हल्दी, धनिया, काली मिर्च व काला नमक डाल दें। आधी कटोरी पानी डालकर कुकर बंद करें। एक सीटी आने पर गैस धीमी कर दें। 5 मिनट बाद गैस बंद करें। कुकर खोलकर आधा चम्मच चीनी डालें व अमचूर और हरा धनिया डालें। भली प्रकार चलाकर 2 मिनट तक गैस पर रखें। यह खट्‌मीठी सब्जी बड़ी स्वादिष्ट बनती है।

दूसरी विधि : बेर काटें या फोड़े और गुठली निकालकर थोड़ी देर (10 मिनट) तक उबालें। पानी निकाल दें और नाशपाती के समान छौंक तैयारकर थोड़ा दही मिलाकर मसाले भूनकर इसको बनाएं। उतारते समय हरा धनिया तथा काला नमक डालें।

नाशपाती

सामग्री :

नाशपाती	: 250 ग्राम
नमक	: स्वादानुसार
हल्दी	: आधा चम्मच
जीरा	: आधा चम्मच
हींग	: मूंगदाना समान
धनिया	: आधा चम्मच
काली मिर्च	: आधा चम्मच
काला नमक	: चुटकीभर
घी / तेल	: 20 ग्राम
हरा धनिया	: 10 ग्राम
अमचूर	: आधा चम्मच
नीबू	: आधा
दही	: 50 ग्राम

विधि : नाशपाती छीलें, काटें और भीतर का कड़ा भाग तथा बीज निकालें। हींग-जीरे की छौंक में मसाले और दही भूनें। नाशपाती के टुकड़े नमक-हल्दी डालकर मिलाएं और 15 मिनट तक ढककर अमचूर, हरा धनिया और काला नमक डालें। नीबू का रस भी 2-4 बूंद डाल दें।

चने का साग

विधि : चने का साग भली प्रकार तोड़कर साफ करें व धोएं। कुकर में उबाल लें। फिर मिक्सी / ग्राइंडर में पीस लें। हींग-जीरे की छौंक लगाकर प्याज भूनें। साथ ही अमचूर छोड़कर अन्य मसाले भी भून लें। इसमें पिसा हुआ चने का साग डाल दें और बाजरे के आटे को पकौड़े की भांति गाढ़ा घोल बनाकर साग में डाल दें। 10-15 मिनट उबाल आने दें। बीच-बीच में चलाती रहें। अंत में अमचूर या टाटरी डालकर उतारें।

नोट : चने के साग में पालक, बथुआ व मेथी की थोड़ी-थोड़ी पत्तियों को लेकर भी बनाया जा सकता है। गोल-गोल काटकर मूली भी मिलाई जा सकती है। आटा मिलाते समय दही का प्रयोग भी करें, तो सब्जी स्वादिष्ट बनेगी।

सामग्री :

चने का साग	: 500 ग्राम
नमक	: स्वादानुसार
हल्दी	: आधा चम्मच
लहसुन	: इच्छानुसार
लाल मिर्च	: 1 चम्मच
अमचूर	: 2 चम्मच
गरम मसाला	: 1 चम्मच
काला नमक	: चौथाई चम्मच
देसी घी, दही	: 50-50 ग्राम
अदरक	: इच्छानुसार
मूली	: 150 ग्राम
हरी मिर्च	: 6
बाजरे का आटा	: 150 ग्राम

सरसों का साग

विधि : सरसों, पालक, मेथी और बथुए की पत्तियों को साफ करें तथा कड़ी डंडियां तोड़कर अलग कर दें। बारीक-बारीक काटें। दो-तीन बार पानी से धोकर कुकर में 20-25 मिनट पकाएं। मक्के के आटे को घोंटते सी रहें और खदकाते रहें। अंत में देसी घी में प्याज, हींग और जीरे की छौंक तैयार करें। हल्दी और सभी मसाले भूनें तथा साग को छौंक दें। 5 मिनट बाद हरा धनिया, गरम मसाला, अमचूर या नीबू का रस (या दोनों) तथा टमाटर डालकर ढककर उतारें। चाहें, तो अदरक कसकर डालें। यदि तीखा बनाना हो, तो हरी मिर्च छौंक में काटकर या बाद में पीसकर मिला दें।

सामग्री :

नमक	: स्वादानुसार
हल्दी	: आधा चम्मच
प्याज / लहसुन	: इच्छानुसार
लाल मिर्च	: 1 चम्मच
अमचूर	: 2 चम्मच
गरम मसाला	: 1 चम्मच
काला नमक	: चौथाई चम्मच
देसी घी	: 50 ग्राम
अदरक	: इच्छानुसार
हरी मिर्च	: इच्छानुसार
मक्का का आटा	: 50 ग्राम
सरसों साग	: 500 ग्राम
मेथी	: 500 ग्राम
बथुआ	: 500 ग्राम
पालक	: 500 ग्राम

लिसोड़ा

सामग्री :

लिसोड़ा	: *250 ग्राम*
घी/तेल	: *30 ग्राम*
नमक	: *स्वादानुसार*
हल्दी	: *आधा चम्मच*
अमचूर	: *1 चम्मच*
सूखा धनिया	: *1 चम्मच*
जीरा	: *आधा चम्मच*
हींग	: *मूंगदाना समान*
प्याज	: *इच्छानुसार*
हरा धनिया	: *10 ग्राम*
दही	: *20 ग्राम*
गरम मसाला	: *आधा चम्मच*
घी/तेल	: *40 ग्राम*

विधि : यह हरा (कच्चा) तथा पीला (पका) दोनों प्रकार का होता है। इसकी टोपी अलग कर धो लें। फोड़ें और चाकू या सलाई से गुठली निकाल दें। भीतर जरा-सा नमक लगा दें और घी/तेल में जीरे-हींग से छौंक दें। सभी मसाले डालें और ढक दें। बीच-बीच में पलटें और 20 मिनट बाद पक जाने पर थोड़ा-सा दही डालें, 5 मिनट चलाएं, लपटवां होने पर गरम मसाला और हरा धनिया डालकर उतारें।

नोट : लिसोड़ा फोड़ने से पहले धो लेना चाहिए और हाथ में नमक लगाकर उसकी गुठली व टोपी निकालनी चाहिए। अन्यथा लिसोड़े का लेस हाथों में चिपक जाता है।

इसमें अमचूर व अन्य मसाले थोड़े तेज ही अच्छे लगते हैं। आप इच्छानुसार अधिक मसाले डालकर लिसोड़े की सब्जी तैयार कर सकती हैं।

दूसरी विधि : हाथों में नमक लगाकर लिसोड़े की गुठली व टोपी उतारें। लिसोड़े उबाल लें। राई दाना पानी डालकर पीसें। एक भगौने में 2 गिलास पानी, डेढ़ चम्मच नमक, एक चम्मच हल्दी व एक चम्मच मिर्च डालें। उसमें पिसी राई मिला दें व उबले हुए लिसोड़े डाल दें। इसे ढककर रख दें। 3-4 दिन यों ही रखा रहने दें। उसके पश्चात् लिसोड़े की रसेदार सब्जी का आनंद लें। इसे एक सप्ताह तक रखकर खाया जा सकता है।

नोट : इसे लिसोड़े का पानी वाला अचार भी कहा जाता है।

अन्नकूटी

सामग्री :

नमक	: *स्वादानुसार*
हरी मिर्च	: *4*
लाल मिर्च	: *1 चम्मच*
अमचूर	: *1 चम्मच*
धनिया	: *1 चम्मच*
जीरा	: *आधा चम्मच*
हींग	: *मूंगदाना समान*
हल्दी	: *1 चम्मच*
अदरक	: *इच्छानुसार*
काला नमक	: *चुटकीभर*
सब्जियां	: *आवश्यकतानुसार*

विधि : दीपावली के दूसरे दिन यह साग बनाने की प्रथा है। उस समय मिलने वाली सभी सब्जियों को मिलाकर यह साग बनाया जाता है। आलू छील-काटकर तथा धोकर, मूली के पत्ते अलग काटकर तथा मूली के आधे इंच लंबे-लंबे टुकड़े कर, मटर के दाने निकालकर, पालक, मेथी की डंठलों से पत्तियां अलगकर गोभी की कलियां लें, बंदगोभी के पत्ते काटें, बैगन को पानी में काट लें, करेलों को छीलकर काट लें और नमक लगाकर पानी निकाल दें। सेम और सेंगरी की पूंछें काटकर उनके छोटे-छोटे टुकड़े कर लें, फलियों की नोकें काटकर छोटे-छोटे टुकड़े कर लें, टमाटर धोकर अलग काट लें तथा जो भी साग मिल जाए, काटकर साफ करें और धो लें।

कड़ाही में घी में कटी हरी मिर्च तथा हींग-जीरे का छौंक तैयार करें। आधे मसालों को भूनें, हल्दी छोड़ें और सब्जी छौंककर, नमक मिलाकर बिना पानी डाले ढक दें। आग मंद कर दें और भली-भांति पकाएं। 5-5 मिनट बाद पलटते जाएं। लगभग 20 मिनट में सब्जी के गल जाने पर शेष आधा मसाला और अमचूर मिला दें, हरा धनिया, कसी हुई अदरक, गरम मसाला तथा काला नमक डालें। जब लपटवां हो जाए, तो उसे उतारकर गर्मगर्म परोसें।

राजमा

सामग्री :

राजमा	*: 250 ग्राम*
चाय पत्ती	*: 2 चम्मच*
नमक	*: स्वादानुसार*
हरी मिर्च	*: 4*
लाल मिर्च	*: 1 चम्मच*
अमचूर	*: 1 चम्मच*
धनिया	*: 1 चम्मच*
प्याज/लहसुन	*: इच्छानुसार*
हरा धनिया	*: 10 ग्राम*
जीरा	*: आधा चम्मच*
हींग	*: मूंगदाना समान*
हल्दी	*: 1 चम्मच*
अदरक	*: इच्छानुसार*
लच्छे	*: 10 ग्राम*
आलू के पापड़	*: 4*
काला नमक	*: चौथाई चम्मच*
देसी घी	*: 50 ग्राम*
गरम मसाला	*: 1 चम्मच*
खाने वाला सोडा	*: चुटकीभार*

विधि : राजमा को दो-तीन पानी से धोकर सोडा डालकर कम-से-कम 12 घंटे तक भिगोएं। जिस पानी में भिगोया है, उसे सुरक्षित रखें। इनको पानी से निकालकर बीनें। कड़े/छोटे और झुर्री वाले दानों को निकाल दें। सोडा मिले पानी में चाय की एक पोटली डालें। रंग और फ्लेवर के लिए कॉफी का भी प्रयोग कर सकती हैं। कुकर में कम-से-कम आधा घंटा पकाएं। यदि अधिक पानी बचा हो, तो उसे निकाल लें या खदकाकर इच्छानुसार गाढ़ा बना लें। हींग-जीरे या प्याज-लहसुन की छौंक तैयारकर सभी मसालों (हरी मिर्च व अदरक पीस-काटकर) को भूनें और इनके साथ भली-भांति मिला दें। काला नमक, गरम मसाला तथा हरा धनिया छोड़ें। 2 मिनट के लिए ढकें और उतारकर गर्मगर्म परोसें।

नोट : लोबिया/सोयाबीन/काबुली चना इत्यादि को भी इसी तरह से बनाएं। छौंक के साथ टमाटर भी डालकर भूनें, तो राजमा स्वादिष्ट बनेंगे।

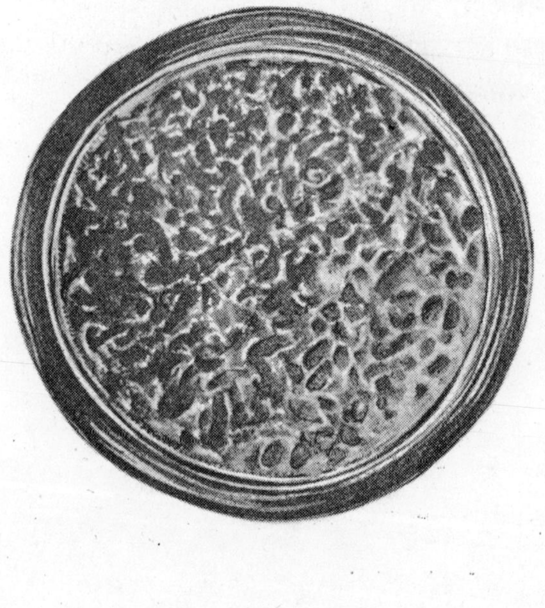

गोभी डंठल

विधि : गोभी के कोमल डंठलों को काटकर अलग करें और छील लें। यदि वे अधिक मोटे हों, तो कांटे से गोदें। आधे-आधे इंच के टुकड़ों में काटें। मोटे डंठलों को बीच में से चीरकर काटें तथा धोएं। घी/तेल में जीरे-हींग की छौंक तैयार करें, हल्दी-मसाले भूनें तथा टमाटर डालें। डंठल के टुकड़ों को इसमें भली-भांति मिलाएं। थोड़ा पानी इसमें डालकर कुकर में 25-30 मिनट या कड़ाही में 40-45 मिनट तक ढककर पकाएं। बीच-बीच में चलाते रहें। पकने पर गरम मसाला और हरा धनिया डालें। फिर 2 मिनट के लिए ढकें और उतारकर परोसें।

सामग्री :

गोभी डंठल	: *250 ग्राम*
हल्दी	: *आधा चम्मच*
नमक	: *स्वादानुसार*
प्याज	: *इच्छानुसार*
टमाटर	: *50 ग्राम*
जीरा	: *आधा चम्मच*
हींग	: *मूंगदाना समान*
लाल मिर्च	: *आधा चम्मच*
धनिया	: *1 चम्मच*
हरा धनिया	: *10 ग्राम*
अमचूर	: *1 चम्मच*
गरम मसाला	: *आधा चम्मच*
घी/तेल	: *30 ग्राम*

कमलककड़ी

सामग्री :

कमलककड़ी	: *250 ग्राम*
हल्दी	: *आधा चम्मच*
नमक	: *स्वादानुसार*
प्याज	: *इच्छानुसार*
टमाटर	: *50 ग्राम*
जीरा	: *आधा चम्मच*
हींग	: *मूंगदाना समान*
लाल मिर्च	: *आधा चम्मच*
धनिया	: *1 चम्मच*
हरा धनिया	: *10 ग्राम*
अमचूर	: *1 चम्मच*
गरम मसाला	: *आधा चम्मच*
घी / तेल	: *30 ग्राम*
आलू	: *1*

पहली विधि : कमलककड़ी छीलें और आधे-आधे इंच लंबे टुकड़े करें। पानी में (कुकर में 20-25 मिनट) उबालें। जब गल जाएं, तो पानी से निकालें। कड़ाही में घी/ तेल में छौंक तैयार करें। मसाले भूनें और टुकड़े डाल दें। नमक-हल्दी डालकर ढक दें। 5-7 मिनट बाद हरा धनिया और गरम मसाला मिलाएं और 2 मिनट ढककर उतार दें।

दूसरी विधि : कमलककड़ी छीलकर, जितना बारीक हो सके, उतने बारीक गोल टुकड़ों में काटें। टमाटर को छीलकर मिक्सी में भी पीस सकती हैं। सामान्य आकर का आलू लेकर उसे छीलें और दो टुकड़े करें।

अब तेल में हींग की छौंक लगाकर प्याज को भूनें। प्याज गुलाबी हो जाने पर टमाटर, हल्दी, मिर्च व धनिया डाल दें। कलछी से चलाती रहें। जब टमाटर भली प्रकार भुन जाए और तेल टमाटर व प्याज से अलग होने लगे, तो ठीक से धुले हुए (कभी-कभी बीच के छेदों में मिट्टी रह जाती है) कमलककड़ी के टुकड़े डाल दें। नमक डालकर एक गिलास पानी व आलू डालें। कुकर बंद कर दें। एक सीटी आने पर गैस धीमी कर दें। 20 मिनट तक कुकर गैस पर ही रहने दें। एक सीटी आने पर गैस पर रखें। अब आलू के टुकड़े कलछी से पीस दें। सब्जी गैस पर रखकर गर्म मसाला व अमचूर डालें और गाढ़ी लपटवां कमलककड़ी का स्वाद लें।

नोट : टमाटर के साथ कमलककड़ी थोड़ी देर से गलती है। यदि आप सब्जी जल्दी बनाना चाहें, तो पहले कमलककड़ी कुकर में उबाल लें।

विशेष : बिना टमाटर के कमलककड़ी की सब्जी तैयार करके थोड़ा-सा घी डालकर लोहे की कड़ाही में 10 मिनट उबालें, तो एक अलग सोंधे स्वाद की सब्जी तैयार हो जाती है।

मिश्रित सब्जियां

गणित में दो शब्द आते हैं, क्रम-चयन एवं संयोग (पर्म्यूटिशन ऐंड कॉम्बिनेशन)। इनका आशय यदि मिश्रित सब्जियों के चयन और संयोजन में लिया जाए, तो अनंत प्रकार की सब्जियां बन सकती हैं। इस प्रक्रिया में, उदाहरणार्थ, यदि दो सब्जियां लें, तो उनके अनेक मिश्रण प्रस्तुत किए जा सकेंगे। यथा, बराबर-बराबर मात्रा में 1 : 2, 1 : 3, 1 : 4 और इस क्रम को उलटा भी जा सकता है। इस प्रकार अनेक मिश्रण तैयार हो जाते हैं।

मिश्रणों के साथ सब्जी की मात्रा के घटने व बढ़ने पर स्वाद में भी अंतर आ जाता है। प्रायः साधारणतः एक सब्जी को आधार मानकर दूसरी को उसमें मिलाते हैं। प्रथम सब्जी, जिसे आधार मानकर चला जा रहा है, वह अधिक मात्रा में और मिलने वाली सब्जी प्रायः अपेक्षाकृत कम मात्रा में होती है। जो सब्जी अधिक मात्रा में है, उसी के अनुरूप घी/तेल, छौंक, मिर्च-मसालों आदि का प्रयोग करना उचित होता है।

विधियां :

मिश्रित सब्जियां बनाते समय कई तरीके अपनाए जाते हैं। जैसे –

1. सब्जियों को अलग-अलग गलाकर मिलाना।
2. सब्जियों को आरंभ से ही एक साथ छौंकना।
3. एक सब्जी को पहले पका/अधपका कर बीच में दूसरी को छोड़ना।
4. पहली को पकाकर दूसरी को अंत में छोड़ना आदि।

मिश्रित सब्जियों का स्वाद और महत्त्व उस समय पता लगता है, जब समय-असमय कोई मेहमान आ धमकता हो और खाना खिलाने की स्थिति उत्पन्न जाती हो। यहां दी गई मिश्रित सब्जियों में सर्वप्रथम आलू को लिया गया है, जिसके साथ प्रायः सभी सब्जियां मिश्रित की जा सकती हैं। पहले मिश्रण में स्वयं आलू के ही अनेक रूप मिलाकर बनाने की विधि दी गई है।

हरियाला आलू

सामग्री :

आलू	*: 250 ग्राम*
नमक	*: स्वादानुसार*
हल्दी	*: आधा चम्मच*
लाल मिर्च	*: आधा चम्मच*
हरी मिर्च	*: 2*
अदरक	*: 10 ग्राम*
जीरा	*: आधा चम्मच*
प्याज	*: इच्छानुसार*
लौंग	*: 8*
काला नमक	*: चौथाई चम्मच*
पिसा धनिया	*: 1 चम्मच*
गरम मसाला	*: आधा चम्मच*
हींग	*: मूंगदाना समान*
घी /तेल	*: 25 ग्राम*
मटर /टमाटर / दही /पनीर	*: 100 ग्राम*
हरा धनिया/ पुदीना / पालक /मेथी / बथुआ	*: 25 ग्राम*

विधि : आलुओं को उबालें, धोएं, छीलें और फांकें करें। साग को डंडियों से अलग करें और धोएं। धनिया या पुदीना हो, तो बारीक-बारीक काट लें। यदि अन्य कोई साग है, तो 10 मिनट तक उबालें और पीस लें। कड़ाही में घी डालें। प्याज गुलाबी-गुलाबी भूनें। उसी में हींग, लौंग और जीरे की छौंक तैयारकर अदरक-मिर्च काटकर डालें। आधे मसाले डालकर आलुओं और कटी सब्जी को (धनिये का नहीं) डालें। नमक-हल्दी मिलाकर सबको भली-भांति मिलाकर थोड़ा पानी छोड़कर ढक दें। 10-12 मिनट बाद जब साग-सब्जी और आलू गलने लगें, तो आधा मसाला, काला नमक, हरा धनिया और गरम मसाला डालकर हरियाला आलू चखें।

यदि भुज्जी बनानी हो, तो पकने पर सारा पानी सुखा दें, तब मिर्च-मसाले और हरा धनिया डालें। यदि लपटवां बनाना हो, तो अपनी इच्छा का रसा तैयार करें। यदि रसीले बनाना हो, तो इच्छानुसार पानी बढ़ाकर शेष मसाले, काला नमक आदि डालें।

इस प्रकार के आलुओं में छौंकते समय मटर / टमाटर /दही डालकर या पकने पर भुना पनीर डालकर क्रमशः हरियाला आलू-मटर, हरियाला आलू-टमाटर, हरियाला मठीला (मट्ठे वाला) आलू तथा हरियाला आलू-पनीर बनाया जा सकता है।

आलू-बूंदी

विधि : आलुओं को उबालें, छीलें, धोएं और फांकें करें। 4-5 फांकों को मथ लें। कड़ाही में आवश्यकतानुसार घी/तेल छोड़ें। बेसन में खाने वाला सोडा व हींग डालकर पानी के साथ फेंटें। तेल के गरमाने पर झारे में से बेसन की बूंदियां तेल में झाड़कर तलें। बूंदी निकालकर तेल रिस जाने दें। तेल में प्याज भूनकर लौंग, जीरा तथा हींग की छौंक तैयार करें और मथे हुए आलू तथा उबले आलू की फांकों को नमक-हल्दी के साथ छोड़ दें। आधे मसाले डाल दें। चलाएं और थोड़ा पानी डालकर लगभग 10 मिनट तक उबालें। तब बूंदियां, शेष मसाले, अमचूर, काला नमक, गरम मसाला तथा हरा धनिया काटकर डालें और आलू-बूंदी का स्वाद लें।

नोट : केवल बेसन के स्थान पर बेसन और सूजी की बूंदियां बनाएं, तो बूंदियां रवादार और कुरकुरी बनेंगी। इसी प्रकार बेसन और मैदा या बेसन-मैदा-सूजी बराबर मात्रा में मिलाने पर बड़ी लाजवाब बूंदियां बनती हैं। उन्हें आलू में डालें और स्वाद लें।

इस प्रकार की सब्जी के साथ मटर, पनीर तथा टमाटर का अलग-अलग और एक साथ भी प्रयोग स्वाद को बढ़ाता है।

सामग्री :

आलू	: *250 ग्राम*
बेसन	: *60 ग्राम*
तेल	: *100 ग्राम*
जीरा	: *आधा चम्मच*
लौंग	: *5*
प्याज	: *इच्छानुसार*
हींग	: *मूंगदाना समान*
काला नमक	: *चुटकीभर*
पिसा धनिया	: *1 चम्मच*
हरा धनिया	: *10 ग्राम*
गरम मसाला	: *आधा चम्मच*
हल्दी	: *आधा चम्मच*
नमक	: *स्वादानुसार*
खाने वाला सोडा	: *चुटकीभर*

आलू - मखाने / मेवा

सामग्री :

आलू	: *250 ग्राम*
घी	: *100 ग्राम*
नमक	: *स्वादानुसार*
हल्दी	: *आधा चम्मच*
धनिया	: *1 चम्मच*
लाल मिर्च	: *1 चम्मच*
हरी मिर्च	: *2*
अदरक	: *10 ग्राम*
प्याज	: *इच्छानुसार*
लहसुन-कली	: *3*
काला नमक	: *चौथाई चम्मच*
गरम मसाला	: *आधा चम्मच*
जीरा	: *1 चम्मच*
लौंग	: *8*
हरा धनिया	: *10 ग्राम*
केशर	: *1/10 ग्राम*
मेवा	: *इच्छानुसार*
पनीर	: *125 ग्राम*
छोटे मखाने (फूले)	: *20 ग्राम*

विधि : आलुओं को उबालें, छीलें, धोएं और फांकें करें। 4-5 फांकों को मथ लें। मखानों को घी में तलें। नमक बुरकें, शेष घी में प्याज-लहसुन को गुलाबी भूनें और हरी मिर्च तथा अदरक पीसकर डालें। जीरा-हींग-लौंग का छौंक तैयार करें। मथे आलुओं के घोल को भली-भांति मिलाकर पानी और नमक-हल्दी छोड़ें। आधे मसाले डालें। आलू डालकर 10 मिनट तक खदकाएं। फिर शेष मसाले, हरा धनिया, गरम मसाला तथा काला नमक बुरकें और मखानों को उसमें छोड़कर ढक दें, ताकि मखाने उस घोल में भली-भांति भीग जाएं। 5 मिनट बाद उतारें। यदि चाहें, तो तलकर आधे मखानों को पीसकर डालें और पूर्ववत् आधे मखानों को तैराएं।

इसी प्रकार, जिस सूखे मेवे के साथ आलू की सब्जी बनानी हो, उसका प्रयोग करें और आलू-मेवा का स्वाद लें। यदि चाहें, तो इसी सब्जी में पनीर के छोटे-छोटे चौकोर टुकड़ों को घी में तलकर डालें और आलू- मेवा-पनीर का स्वाद लें।

यदि केशरिया मेवा-आलू बनाना चाहें, तो कच्चे आलुओं को पहले ही छीलकर तथा भली-भांति धोकर चार-चार फांकें करें। पानी में केशर पीसकर डालें और फिर उसमें आलुओं को उबालें। हल्दी की मात्रा चौथाई कर दें। प्याज का प्रयोग न करें। शेष विधि पूर्ववत् अपनाएं।

आलू-चटनी

विधि : आलुओं को उबालें, छीलें, धोएं और फांकें कर लें। कड़ाही में घी डालकर प्याज भूनें। लौंग, जीरा और हींग डालकर नमक-हल्दी के साथ आलू छौंक दें। 5-7 मिनट ढकने के बाद उतारें। धनिये की पत्ती तोड़कर, धोकर मिर्च और अदरक के साथ पीसकर चटनी बना लें। उसमें सभी मसाले मिला लें। तैयार आलू की सब्जी पर चटनी डालें और खाएं।

धनिये के स्थान पर पुदीना या आधा धनिया और आधा पुदीना चटनी के रूप में प्रयुक्त किया जा सकता है।

सामग्री :

आलू	*: 250 ग्राम*
नमक	*: स्वादानुसार*
हल्दी	*: आधा चम्मच*
लाल मिर्च	*: आधा चम्मच*
हरी मिर्च	*: 2*
अदरक	*: 10 ग्राम*
जीरा	*: आधा चम्मच*
लौंग	*: 8*
काला नमक	*: चौथाई चम्मच*
धनिया	*: 1 चम्मच*
गरम मसाला	*: आधा चम्मच*
हींग	*: मूंगदाना समान*
घी/तेल	*: 25 ग्राम*
प्याज	*: इच्छानुसार*
हरा धनिया/ पुदीना	*: 25 ग्राम*

अमृत-रसा आलू-टिंडे

विधि : आलुओं को उबालें, छीलें और चार-चार फांकें करें। मटर के दानों को धोकर पीसें। टिंडों के सिरे साफ कर छीलें, धोएं और ऊपर से भरकर कड़ाही में घी/तेल में 20-25 मिनट तलें या भूनें। पनीर के टुकड़े भी तल लें। दूसरी कड़ाही में घी में लौंग, हींग तथा जीरे की छौंक में पिसा मटर डालें और दही छोड़कर गुलाबी भूनें। तब टमाटर के रस से पतला करें और नमक-हल्दी डालें। फिर मसाले डालकर आलू के फांकों को डालें और 15 मिनट खदकाएं। कटा हुआ हरा धनिया, गरम मसाला और काला नमक बुरकें। ऊपर से पनीर के तले हुए टुकड़े डालें। शेष मसाले और भरवां टिंडे डालकर 5-7 मिनट तक खदकाएं।

सामग्री :

आलू	*: 250 ग्राम*
मटर के दाने	*: 125 ग्राम*
टिंडे	*: 200 ग्राम*
टमाटर का रस	*: 300 ग्राम*
घी/तेल	*: 125 ग्राम*
लौंग	*: 10*
जीरा	*: आधा चम्मच*
हींग	*: मूंगदाना समान*
पनीर	*: 125 ग्राम*
पिसा धनिया	*: 2 चम्मच*
हरा धनिया	*: 25 ग्राम*
लाल मिर्च	*: 1 चम्मच*
गरम मसाला	*: 1 चम्मच*
नमक	*: स्वादानुसार*
हल्दी	*: 1 चम्मच*
काला नमक	*: चौथाई चम्मच*

पुष्टिदायक आलू

सामग्री :

आलू	*: 250 ग्राम*
जिमीकंद	*: 250 ग्राम*
नमक	*: स्वादानुसार*
हल्दी	*: 1 चम्मच*
घी	*: 80 ग्राम*
धनिया	*: 2 चम्मच*
हरा धनिया	*: 20 ग्राम*
हरी मिर्च	*: 4*
अदरक	*: 20 ग्राम*
हींग	*: मूंगदाना समान*
जीरा	*: आधा चम्मच*
लौंग	*: 10*
प्याज	*: इच्छानुसार*
लहसुन	*: 8 कली*
काला नमक	*: चौथाई चम्मच*
गरम मसाला	*: 1 चम्मच*
टमाटर / दही	*: 200 ग्राम*
पनीर	*: 200 ग्राम*
मक्खन	*: 100 ग्राम*
काजू / बादाम / पिस्ता / चिरौंजी / मूंगफली	*: 50 ग्राम*

विधि : आलू और जिमीकंद को अलग-अलग 20 मिनट तक उबालकर छीलें, धोएं और टुकड़े करें। घी में प्याज-लहसुन भूनकर, हरी मिर्च और अदरक का पिसा मिश्रण, लौंग, हींग, जीरा, आधा मसाला तथा हल्दी छोड़कर उसमें आलू और जिमीकंद को भली-भांति भूनें। नमक डालें और इच्छानुसार पानी बढ़ाएं। 10 मिनट तक खदकाने के बाद शेष मसाला, कटा हरा धनिया, गरम मसाला और काला नमक डालकर पुष्टिदायक आलू का स्वाद लें। यह मिश्रण सूखा अथवा इच्छानुसार रसेदार बनाया जा सकता है।

रसेदार बनाने के लिए अंतिम मसाले डालने से पूर्व मट्ठा या मथा हुआ दही या मथे हुए टमाटरों का उपयोग किया जा सकता है। विधि पूर्ववत् ही रहेगी।

इस सब्जी को और पौष्टिक बनाने के लिए पनीर के तले हुए चौकोर टुकड़े या मक्खन में तले बादाम, पिस्ते, चिरौंजी या काजू के टुकड़े डालकर या ऊपर से केवल मक्खन डालकर स्वाद लें। मूंगफली (तली या भूनी) के साथ भी सब्जी में बड़ा स्वाद आता है।

आलू - लौकी

विधि : लौकी को छीलकर बीच में से चार टुकड़े कर बारीक-बारीक काटें। आलू को भी छीलकर छोटे-छोटे टुकड़े करें। कुकर में घी में जीरे की छौंक लगाकर आधे मसाले डालें। भुन जाने पर लौकी व आलू डाल दें। 1 कटोरी पानी डालकर कुकर बंद करें। एक बार सीटी आ जाने पर गैस धीमी करके 10 मिनट और पकाएं। फिर थोड़ी देर बाद कुकर खोलकर देखें। यदि लौकी गल गई हो, तो शेष आधे मसाले व हरा धनिया डालकर स्वाद लें।

नोट : आप स्वादानुसार काला नमक भी डाल सकती हैं। केवल लौकी की सब्जी भी इसी विधि से बनाएं। यदि लौकी बना रही हैं और अचानक मेहमान आ जाएं, तो आलू डालकर बनाने से सब्जी की मात्रा बढ़ जाएगी और आपको परेशानी भी नहीं होगी।

सामग्री :

आलू	: 250 ग्राम
लौकी	: 250 ग्राम
घी / तेल	: 20 ग्राम
जीरा	: आधा चम्मच
हींग	: मूंगदाना समान
नमक	: स्वादानुसार
लाल मिर्च	: आधा चम्मच
धनिया	: 1 चम्मच
हरा धनिया	: 10 ग्राम
काला नमक	: चौथाई चम्मच
अमचूर	: 1 चम्मच
गरम मसाला	: आधा चम्मच

लौकी - मटर

विधि : लौकी छीलें, काटें और धोएं। मटर के दानों को भी धो लें। कड़ाही में हींग-जीरे की छौंक तैयार कर आधा मसाला भूनकर छौंक दें और दोनों सब्जी तथा थोड़ा पानी डालें। नमक-हल्दी डालकर ढक दें। 20 मिनट तक गलने के बाद शेष मसाला डालें।

नोट : यदि सूखी बनानी हो, तो कम पानी डालें। उसे उतारते समय थोड़ा मक्खन/घी डालें, तो स्वाद बढ़ेगा।

सामग्री :

लौकी	: 250 ग्राम
मटर के दाने	: 100 ग्राम
नमक	: स्वादानुसार
हल्दी	: आधा चम्मच
घी / तेल	: 30 ग्राम
लाल मिर्च	: आधा चम्मच
धनिया	: 1 चम्मच
हरा धनिया	: 10 ग्राम
गरम मसाला	: आधा चम्मच
जीरा	: आधा चम्मच
हींग	: मूंगदाना समान
काला नमक	: चुटकीभर
मक्खन	: 60 ग्राम

नमकीन रसगुल्ले

सामग्री :

आलू	*: 250 ग्राम*
परवल/टिंडे	*: 250 ग्राम*
घी/तेल	*: 125 ग्राम*
नमक	*: स्वादानुसार*
हल्दी	*: 2 चम्मच*
लाल मिर्च	*: आधा चम्मच*
धनिया	*: 3 चम्मच*
गरम मसाला	*: आधा चम्मच*
हींग	*: मूंगदाना समान*
अमचूर	*: 2 चम्मच*
हरा धनिया	*: 15 ग्राम*
अदरक	*: 25 ग्राम*
काला नमक	*: आधा चम्मच*
पनीर	*: 50 ग्राम*
मक्खन	*: 100 ग्राम*

विधि : आलुओं को उबालें, छीलें और मथें, तब घोल बनाएं। परवल/टिंडों को छीलकर धोएं, बीच में से चीरें और भरें। टिंडे को भरने के लिए उसे ऊपर से चाकू से दो बार ऐसे काटें कि उसके सिरे आपस में जुड़े रहें। फिर कसे हुए प्याज, अदरक और सभी मसालों की थोड़ी-थोड़ी मात्रा अंदाज से मिलाकर टिंडों का भरावन तैयार करते हैं। एक टिंडे को उठाकर चम्मच से भरावन भरा जाता है। फिर उसे धागे से बांधकर कड़ाही में गर्म घी/तेल में डालकर भूनें और सटे हुए बर्तन से ढककर गलने दें। लगभग 20 मिनट बाद निकाल दें। कड़ाही में हरी मिर्च व अदरक काटें। लौंग, हींग और आधे मसाले डालकर शेष घी/तेल में छौंक बनाएं। मथे हुए आलू घोल को नमक-हल्दी डालकर छौंक दें और चलाएं। 10 मिनट तक उस घोल को गाढ़ा होने दें। भूने और गले हुए टिंडे/परवल आलू घोल में डालें और शेष मसाले भी छोड़ दें। आग से उतारें और ऊपर से गरम मसाला, हरा धनिया व काला नमक छोड़ें। चाहें, तो बाद में मक्खन और पनीर के तले हुए चौकोर टुकड़े भी डालें। अब नमकीन रसगुल्लों का स्वाद लें।

मूली भुज्जी

सामग्री :

अदरक	: *5 ग्राम*
हरी मिर्च	: *2*
हल्दी	: *चौथाई चम्मच*
नमक	: *स्वादानुसार*
लाल मिर्च	: *आधा चम्मच*
धनिया	: *आधा चम्मच*
अमचूर	: *आधा चम्मच*
गरम मसाला	: *चौथाई चम्मच*
हरा धनिया	: *10 ग्राम*
हींग	: *मूंगदाना समान*
काला नमक	: *चौथाई चम्मच*
पत्ते सहित मूली	: *250 ग्राम*
पालक/मेथी/ बथुआ/सेंगरी/ सेम	: *250 ग्राम*
मटर के दाने	: *100 ग्राम*
मूंगफली	: *50 ग्राम*

विधि : यह मिश्रित सब्जियों में बहुत लोकप्रिय है। मूली को साफ करें। लम्बाई में 1-1 सेमी. के या थोड़े बड़े टुकड़े करें और पानी में धोएं। मूली के पत्तों को मोटे डंठलों से अलग काटें, धोएं और मूली के टुकड़ों के साथ कड़ाही में घी/ तेल में केवल हींग की छौंक तैयार कर, नमक-हल्दी डालकर छौंक दें। 15 मिनट बाद या मूली के गल जाने पर अमचूर और मिर्च-मसाले डालें। हरा धनिया, गरम मसाला और काला नमक डालें। 2 मिनट तक ढका रहने दें। तब मूली की रोचक-पाचक भुज्जी का स्वाद लें। चाहें, तो छौंक में थोड़ा अदरक और हरी मिर्चें भी काटकर डाल दें।

अथवा

मूली के टुकड़ों के साथ मूली के पत्तों के स्थान पर पालक, मेथी, बथुआ, सेंगरी या सेम का प्रयोग करें। डंडी काटकर पत्तों या सब्जी के छोटे-छोटे टुकड़े काटकर कम-से-कम दो बार धोएं। फिर उपर्युक्त ढंग से बना लें।

अथवा

समान मात्रा में प्रत्येक पदार्थ को मिलाकर स्वादिष्ट भुज्जी बना लें।

अथवा

उपर्युक्त पदार्थों के साथ इच्छानुसार मटर के दाने या मूंगफली के दाने मिलाकर भुज्जी बनाएं।

आलू-मेवे-मटर-पनीर

सामग्री :

आलू	*: 250 ग्राम*
मटर के दाने	*: 100 ग्राम*
पनीर	*: 100 ग्राम*
घी	*: 200 ग्राम*
नमक	*: स्वादानुसार*
हल्दी	*: 1 चम्मच*
लाल मिर्च	*: 1 चम्मच*
गरम मसाला	*: 1 चम्मच*
धनिया	*: 1 चम्मच*
हरा धनिया	*: 20 ग्राम*
हरी मिर्च	*: 4*
अदरक	*: 10 ग्राम*
पुदीना पत्ती	*: 4*
अमचूर	*: 1 चम्मच*
जीरा	*: आधा चम्मच*
हींग	*: मूंगदाना समान*
काला नमक	*: चौथाई चम्मच*
लौंग	*: 10*
काजू	*: 20 ग्राम*
बादाम	*: 20 ग्राम*
चिरौंजी	*: 20 ग्राम*
प्याज	*: इच्छानुसार*

विधि : प्याज को छील-काटकर घी में गुलाबी तलें। मिर्चें, अदरक, हरा धनिया तथा पुदीना पीस लें। मटर के दानों को धो लें और पीसकर घी में भूनें, पनीर के टुकड़ों को भी भूनें। आलुओं को उबालकर भली-भांति मथें। सूखे मेवा को घी में तल लें। शेष घी में हींग-लौंग की छौंक बनाएं। पनीर, हरी मिर्च तथा अदरक की चटनी और आधे-आधे मसाले डालें। आलू घोल को छौंक दें। नमक-हल्दी डालें। पिसे मटर को साथ में डाल दें और पानी डालकर पेस्टनुमा बनने तक खदकाएं। तब शेष मसाले, काला नमक, हरा धनिया व गरम मसाला छोड़ें और तले हुए मेवे डालकर ढक दें। 5 मिनट के बाद उतारकर आलू-मेवे का स्वाद लें।

शाही आलू

सामग्री :

आलू	: 500 ग्राम
हल्दी	: 1 चम्मच
नमक	: स्वादानुसार
धनिया	: 1 चम्मच
अमचूर	: 1 चम्मच
जीरा	: आधा चम्मच
हींग	: मूंगदाना समान
प्याज	: इच्छानुसार
गरम मसाला	: 1 चम्मच
लाल मिर्च	: 1 चम्मच
हरा धनिया	: 10-15 ग्राम
काला नमक	: चौथाई चम्मच
दही	: 100 ग्राम
टमाटर	: 200 ग्राम
मटर के दाने	: 100 ग्राम
अंकुरित पदार्थ (चना/ मूंग/ मूंग दाल आदि)	: 100 ग्राम
घी /तेल	: आवश्यकता के अनुसार

विधि : आलुओं को 100-100 ग्राम के हिसाब से 5 भागों में बांटें। 200 ग्राम आलू को उबालें, छीलें और धोएं। आधे उबले आलुओं को पानी में घोलकर रसा बना लें और आधे की फांकें काट लें। 100 ग्राम आलुओं को छील-काटकर धो लें। 100 ग्राम को छीलकर फांकें करके धोकर तलें और 100 ग्राम को भूनकर छीलकर, धोकर फांकें कर लें। कड़ाही में घी डालकर हींग-जीरे या प्याज की छौंक तैयार करें। उसमें आधा मसाला डालकर भूनें और कच्चे कटे आलुओं को छौंक दें। नमक-हल्दी पूरी सब्जी के अंदाज में डाल दें। 10 मिनट गलने पर आलू के घोल को मिला दें। 5-7 मिनट में खदक आते-आते या जब पहले वाले आलू पक जाएं, तब उस घोल में तले आलुओं की फांकें और उबले आलू की फांकें डालें तथा चलाएं। यदि रसेदार बनाना हो, तो इच्छानुसार पानी बढ़ाएं। यदि लपटवां बनाना चाहती हैं, तो इच्छानुसार पानी सुखाकर शेष मसाले, धनिया और काला नमक छोड़ें। यदि सूखे बनाना हो, तो उसके पानी को सुखाएं। कड़ाही में आलू लगने लगे, तो आग को धीमा करके शेष मसाले, धनिया और काला नमक बुरककर स्वाद लें।

अथवा

जब सारे आलू गल जाएं, तब दही डालकर उनको एकरस कर लें और उपर्युक्त प्रक्रिया अपनाएं। ये दही के आलू पहले के आलुओं से स्वाद में भिन्न होंगे। इनमें अमचूर का प्रयोग आवश्यक नहीं है।

अथवा

आलुओं को छौंकते समय टमाटर साफकर काटकर मिला दें और प्रक्रिया वही रखें। खटाई का अनुपात अपनी रुचि के अनुसार रखें। यह आलू-टमाटर की सब्जी होगी।

अथवा

आलुओं को छौंकते समय दही और टमाटर, दोनों का सदुपयोग करें। शेष विधि वही रखें। ये मठीले दही वाले टमाटरी आलू तैयार होंगे।

अथवा

आलुओं को छौंकते समय मटर के दाने भी छौंकें। शेष वही विधि अपनाएं।

अथवा

प्रथम छौंक के समान अंकुरित पदार्थ को भी छौंक दें। शेष विधि पूर्ववत् रखें। इसी प्रकार बनाते जाएं। आलू प्रायः सभी सब्जियों के साथ तालमेल कर लेता है।

आलू-मटर-टमाटर : पहले टमाटरों का छिलका उतारकर बारीक काट लें। आप चाहें, तो टमाटरों को कद्दूकस करके अथवा मिक्सी से भी बारीक कर सकती हैं, ताकि मोटा गूदा या छिलका मुंह में न जाए।

मटर के दानों को छीलकर धो लें। आलू काटकर लंबी फांकों में काटें।

कुकर में घी/तेल में जीरे की छौंक लगाएं। घी तेज गर्म हो जाने पर जीरा डालने से वह एकदम फूल जाता है व ज्यादा स्वादिष्ट लगता है। अब उसमें टमाटर, नमक, मिर्च, हल्दी डालें। टमाटर को चलाकर भूनें। भुन जाने पर मटर के दाने डालकर चलाएं। फिर आलू डालकर आधा गिलास पानी डालें। कुकर का ढक्कन लगाकर बंद करें। 3-4 मिनट तक सीटी आने दें, फिर गैस बंद करें।

कुकर खोलकर कलछी से भली-भांति चलाएं व कलछी से 2-3 टुकड़े फोड़ दें। अब कुकर खोलकर पुनः आग पर रखें। अमचूर डालकर 2 मिनट उबालें, फिर उतार लें।

आलू-पनीर

सामग्री :

आलू	*: 250 ग्राम*
पनीर	*: 100 ग्राम*
जीरा	*: आधा चम्मच*
हींग	*: मूंगदाना समान*
लौंग	*: 8*
लाल मिर्च	*: 1 चम्मच*
अमचूर	*: 1 चम्मच*
पिसा धनिया	*: 1 चम्मच*
हरा धनिया	*: 10 ग्राम*
प्याज-लहसुन	*: इच्छानुसार*
काला नमक	*: चुटकीभर*
गरम मसाला	*: आधा चम्मच*
घी / तेल	*: 50 ग्राम*
मटर के दाने	*: 100 ग्राम*
टमाटर	*: 100 ग्राम*

विधि : सर्वप्रथम कड़ाही में तेल गर्म करें और पनीर के छोटे चौकोर टुकड़े गुलाबी होने तक तलें।

आलू छीलकर फांकें करें व धो लें। कुकर में पहले हींग-जीरा, लौंग, फिर प्याज-लहसुन भूनें। भुन जाने पर मसाले डालकर भूनें व आलू डाल दें। आधा गिलास पानी डालकर कुकर बंद करें। सीटी आने पर गैस बंद करें। कुकर खोलकर पुनः गैस पर रखें व पनीर के टुकड़े डालें। थोड़ा उबाल आने पर काला नमक व हरा धनिया डालें। 5 मिनट बाद उतारकर गर्मागर्म परोसें।

अथवा

यदि इस मिश्रण में मटर का प्रयोग करना चाहें तो छौंक के समय मटर के दाने भी छौंक दें। विधि वही रखें। यदि मटरों के साथ अंकुरित पदार्थ भी डालना चाहते हैं, तो मटर और आधे अंकुरित पदार्थ छौंक के साथ डालकर सब्जी बना लें। यदि टमाटरों का मिश्रण चाहते हैं, तो टमाटर छौंक के समय धोकर काटकर डालें। विधि वही अपनाएं, तो आलू-पनीर-मटर, अंकुरित पदार्थ तथा टमाटर के मिश्रण की लाजवाब सब्जी तैयार होगी।

अरवी-मटर

सामग्री :

अरवी	*: 250 ग्राम*
मटर के दाने	*: 100 ग्राम*
दही	*: 150 ग्राम*
नमक	*: स्वादानुसार*
धनिया	*: 1 चम्मच*
लाल मिर्च	*: आधा चम्मच*
अमचूर	*: आधा चम्मच*
अजवायन	*: आधा चम्मच*
हरा धनिया	*: 20 ग्राम*
हींग	*: मूंगदाना समान*
काला नमक	*: चुटकीभर*
गरम मसाला	*: आधा चम्मच*
जीरा	*: आधा चम्मच*
तेल	*: 2 बड़े चम्मच*

विधिः साबूत अरवी उबालें और छीलकर गाढ़े मथे हुए दही में साबूत ही डाल दें। कम-से-कम 2 घंटे तक अरवी को दही में डुबोकर रखें।

मटर के दाने धोकर रखें। कड़ाही में तेल गर्म करके हींग और अजवायन की आधी मात्रा की छौंक तैयार करें। उसमें मटर डाल दें। कुछ देर चलाकर उलटती पलटती रहें। साथ ही नमक और सभी मसालों की आधी मात्रा डालें। पल्टे से अरवी तथा मटर धीमी आंच पर पलटती रहें। कुछ देर में अरवी के चारों ओर की सतह पर सुर्ख पपड़ी-सी जमने लगेगी। तब शेष मसाले, जीरा व अजवायन बुरकें। काला नमक छोड़ें और कटा हरा धनिया व गर्म-मसाला डालकर ढक दें। 2 मिनट बाद अरवी-मटर की लाजवाब सब्जी का स्वाद लें।

नोट : यदि लपटवां अथवा रसेदार सब्जी बनानी हो, तो अरवी को बचा दही पानी मिलाकर डालें। फिर सब्जी को पकाएं।

कचरी आलू

सामग्री :

आलू	: 250 ग्राम
परवल	: 250 ग्राम
करेला	: 250 ग्राम
हल्दी	: 1 चम्मच
नमक	: स्वादानुसार
दही	: 100 ग्राम
लौंग	: 9
जीरा	: आधा चम्मच
हींग	: मूंगदाना समान
गरम मसाला	: आधा चम्मच
धनिया	: 2 चम्मच
हरा धनिया	: 20 ग्राम
काला नमक	: चौथाई चम्मच
घी/तेल	: 250 ग्राम
अमचूर	: 1 चम्मच
लाल मिर्च	: 1 चम्मच
टमाटर का रस	: 150 ग्राम
घी/तेल	: 250 ग्राम

विधि : परवलों की नोक साफकर छीलें और गोल काटकर धोएं। इसी प्रकार करेलों की नोकों को साफकर, छीलकर, बाहर-भीतर नमक लगाकर 15 मिनट तक अलग रख दें। फिर निचोड़कर धोने के बाद गोल-गोल काटें। दोनों कचरियों को कड़ाही में घी/तेल में अलग-अलग गुलाबी होने तक तलें। घी/तेल रिसने के लिए जाली पर रखें। आलुओं को ओवन या अंगीठी या तंदूर में भूनें। छीलें और गोल-गोल टुकड़े करें। कड़ाही में घी गर्म करें। इन आलुओं को लौंग, जीरा और हींग की छौंक के साथ नमक-हल्दी डालकर 5 मिनट तक भूनें। तब परवल और करेले की कचरियों को डालें। हरा धनिया काटकर ऊपर बिछा दें और तब शेष मसाले, अमचूर, गरम मसाला तथा काला नमक डालें और ढकें। और 10 मिनट बाद ऊपर-नीचे चलाकर, धनिये में लिपटे मसालेदार कचरी आलू का स्वाद लें। यदि लपटवां बनाना चाहें, तो छौंक के समय दही या टमाटर का रस डालें और रसेदार बनाना हो, तो दही या टमाटर का रस डालने के बाद इच्छानुसार पानी डालें।

लच्छेदार आलू - गोभी

सामग्री :

आलू	*: 250 ग्राम*
फूलगोभी	*: 250 ग्राम*
मटर के दाने	*: 125 ग्राम*
हल्दी	*: आधा चम्मच*
नमक	*: स्वादानुसार*
अमचूर	*: 1 चम्मच*
धनिया	*: 2 चम्मच*
हरा धनिया	*: 25 ग्राम*
घी	*: 100 ग्राम*
लौंग	*: 10*
लाल मिर्च	*: 1 चम्मच*
काला नमक	*: चुटकीभर*
दही	*: 100 ग्राम*
हरी मिर्च	*: 6*
पुदीना पत्ती	*: 10*
नीबू	*: आधा*
हींग	*: मूंगदाना समान*
टमाटरों का रस	*: 200 ग्राम*

विधि : आलुओं को छीलें, धोएं और कद्दूकस में लच्छे बनाएं। फूलगोभी के डंठल को पकड़कर कद्दूकस पर घिसकर लच्छे बनाएं और धोएं। घी में केवल लौंग की छौंक तैयार करें। उसमें सभी मसाले आधे -आधे डालकर भूनें और तब इन लच्छों को डालकर 10 मिनट तक भूनें। नमक-हल्दी डालकर मटर के दाने डालें और थोड़ी चिकनाई बढ़ाकर या थोड़ा पानी छोड़कर 20 मिनट तक पकाएं। तब शेष मसाले, अमचूर व काला नमक डालें। ऊपर से गरम मसाला और कटा हरा धनिया छोड़कर ढक दें। 2 मिनट बाद स्वाद लें। लपटवां बनाने के लिए छौंक के समय दही या बनने के बाद हरी मिर्च, अदरक, धनिया, पुदीना और नीबू के रस की बनी चटनी बनाकर मूंगदाना समान हींग का संपुट देकर डालें। यदि रसेदार बनाना चाहें, तो छौंक में दही और सब्जियों के पकने पर टमाटर के रस का प्रयोग करें।

मखनिया आलू-गोभी-मटर

विधि : आलू छीलें, काटें, धोएं और तलें। गोभी की कलियां निकालें, धोएं और तल लें। मटर छीलकर धो लें। कड़ाही में लौंग, हींग और जीरे की छौंक मक्खन में तैयार करें। मटर, नमक और हल्दी डालकर 10 मिनट तक मंद आग पर ढक दें। दानों के गलने पर तले आलू और गोभी डालें। सभी मिर्च-मसाले छोड़ते जाएं और चलाते जाएं। बाद में काला नमक और हरा धनिया डालकर ढकें और 5 मिनट बाद उतारकर स्वाद लें। खाते समय गर्म सब्जी पर रुचि के अनुसार थोड़ा मक्खन डालें। यदि लपटवां बनाना चाहें, तो मटर पकने के बाद दही की मात्रा और बढ़ा दें और यदि रसीला बनाना हो, तो टमाटर या टमाटर का रस मिलाएं।

नोट : इसी प्रकार आलुओं (कच्चे, उबालकर, तलकर, भूनकर) के साथ पत्तागोभी, भिंडी, अरवी, मेथी, बथुआ, पालक, जिमीकंद, रतालू,चालू,गांठ गोभी, लौकी आदि सब्जियां मिश्रित करके अनेक सूखी, लपटवां और रसेदार सब्जियां बनाईं जाती हैं।

सामग्री :

आलू	: 250 ग्राम
फूलगोभी	: 250 ग्राम
मटर	: 250 ग्राम
मक्खन	: 200 ग्राम
जीरा	: आधा चम्मच
लौंग	: 5
हींग	: मूंगदाना समान
काला नमक	: चुटकीभर
नमक	: स्वादानुसार
दही	: 100 ग्राम
पिसा धनिया	: आधा चम्मच
गरम मसाला	: 1 चम्मच
लाल मिर्च	: 1 चम्मच
हल्दी	: 1 चम्मच
टमाटर	: 200 ग्राम

शाही मूली भुज्जी

सामग्री :

हरा धनिया	: 500 ग्राम
मेथी पत्ती	: 100 ग्राम
मूली	: 100 ग्राम
सोया	: 1 गुच्छी
अखरोट	: 50 ग्राम
काजू	: 50 ग्राम
आलू	: 125 ग्राम
हल्दी	: आधा चम्मच
नमक	: स्वादानुसार
लाल मिर्च	: चौथाई चम्मच
धनिया	: 1 चम्मच
अमचूर	: आधा चम्मच
गरम मसाला	: आधा चम्मच
जीरा	: आधा चम्मच
हींग	: मूंगदाना समान
घी/तेल	: 150 ग्राम
काला नमक	: चुटकीभर

विधि : हरे धनिये की पत्तियां बारीक काटें और धो लें। मेथी और सोया पत्ती काटकर धो लें। मूली साफ कर कद्दूकस पर कसकर धो लें। काजू तथा अखरोट काटकर घी में सुर्ख भूनें। आलुओं को छील-धोकर चार-आठ फांकों में काटें। कड़ाही में घी या तेल डालकर छौंक तैयार करें। उसमें नमक-हल्दी डालकर पहले 5 मिनट तक भूनें। फिर तीन हिस्सा हरा धनिया, सारी मेथी, कसी हुई मूली तथा सोया साग डालकर आधे मसाले के साथ मिलाकर ढक दें। 15 मिनट बाद आलू तथा मूली गल जाएं और मेथी व सोया भुन जाएं, तब काजू-अखरोट डाल दें। शेष मसालों को मिलाएं। काला नमक और शेष हरा धनिया डालकर ढक दें। 5 मिनट बाद उतारकर शाही मूली भुज्जी का स्वाद लें।

आलू - भिंडी

सामग्री :

आलू	: 250 ग्राम
भिंडी	: 250 ग्राम
घी/तेल	: 30 ग्राम
नमक	: आधा चम्मच
हल्दी	: आधा चम्मच
लाल मिर्च	: आधा चम्मच
धनिया	: 1 चम्मच
गरम मसाला	: आधा चम्मच
हरा धनिया	: 10 ग्राम
जीरा	: आधा चम्मच
हींग	: मूंगदाना समान
काला नमक	: चुटकीभर
प्याज	: इच्छानुसार
अमचूर	: आधा चम्मच

विधि : भिंडी धोकर ऊपर से तराशें। छोटे-छोटे टुकड़े या लंबी-लंबी फांकें कर लें। आलू छीलें, धोएं और भिंडी की तरह ही काटें। उसी आकार में प्याज के टुकड़े काटें। कड़ाही में घी/तेल में प्याज सुर्ख कर लें और निकाल लें। शेष घी/ तेल में जीरा-हींग की छौंक तैयार कर प्याज, आलू , भिंडी, नमक-हल्दी तथा आधे मसाले के साथ छौंक दें। 20 मिनट ढकने के बाद चलाएं। अमचूर व हरा धनिया, गरम मसाला और काला नमक डालें। ढकें और 2 मिनट बाद उतारकर प्रयोग में लाएं।

पनीर और आलू

टिंडे और रसेदार आलू

कटहल-टमाटर

विधि : कुकर में तेल गर्म करके हींग की छौंक तैयार करें। उसमें बारीक कटे टमाटर डालें। चम्मच से चलाती रहें व मसाले डालें। टमाटर भुन जाने पर बारीक कटा व धुला हुआ कटहल डालें। चौथाई कटोरी पानी डालकर कुकर बंद कर दें। एक सीटी आने पर गैस बंद करें। थोड़ी देर बाद कुकर खोलकर देखें। यदि पानी रह गया हो, तो सुखा दें। यदि अधिक खट्टी सब्जियां पसंद हों, तो थोड़ा-सा अमचूर भी डालें।

नोट : छुरी व हाथ में तेल लगाकर कटहल काटें।कटहल के बीजों का सख्त छिलका अवश्य ध्यान से निकाल दें। अन्यथा सब्जी का स्वाद बिगड़ जाएगा।

सामग्री :

कटहल	: 250 ग्राम
टमाटर	: 100 ग्राम
नमक	: स्वादानुसार
लाल मिर्च	: आधा चम्मच
हल्दी	: आधा चम्मच
गरम मसाला	: आधा चम्मच
तेल	: 1 बड़ा चम्मच
हींग	: चुटकीभर

काजू-मटर

विधि : सर्वप्रथम कुकर में तेल गर्म करके हींग व जीरे की छौंक तैयार करें। फिर धीमी आंच करके उसमें नारियल का बुरादा डालकर भूनें। गुलाबी होने पर काजू डालकर बड़े चम्मच से चलाएं। काजू भुन जाने पर अमचूर छोड़कर बाकी मसाले डाल दें और चलाकर 2 मिनट बाद मटर और चीनी के दाने डालें। 1 गिलास (250 मि. लि.) पानी डालें। सब्जी चलाकर कुकर बंद करें। सीटी आने पर गैस धीमी करें। पांच मिनट बाद गैस बंद करें। कुकर खोलकर देखें। रसेदार सब्जी तैयार होगी। यह सब्जी थोड़ी गाढ़ी ही अच्छी लगती है। यदि पानी अधिक हो, तो गैस पर और रखें। अमचूर डालकर मेहमानों को गर्मागर्म खिलाएं।

नोट : आप चाहें, तो टमाटर भी डाल सकती हैं। यह सब्जी खाने में अत्यंत लजीज होती है। इसे बनाकर मेहमानों को खिलाएं, वे उंगलियां चाटते रह जाएंगे।

सामग्री :

मटर के दाने	: 250 ग्राम
काजू	: 25 ग्राम या अधिक
नारियाल बुरादा	: 25 ग्राम
नमक	: स्वादानुसार
लाल मिर्च	: आधा चम्मच
हल्दी	: आधा चम्मच
गरम मसाला	: आधा चम्मच
धनिया	: 1 चम्मच
अमचूर	: तीन चौथाई चम्मच
हींग	: मूंगदाना समान
जीरा	: आधा चम्मच या इच्छानुसार
तेल	: 40 ग्राम
चीनी	: चुटकीभर

तोरई-मूली-आलू

सामग्री :

तोरई	*: 250 ग्राम*
मूली	*: 850 ग्राम*
आलू	*: 100 ग्राम*
नमक	*: आधा चम्मच*
लाल मिर्च	*: आधा चम्मच*
हल्दी	*: आधा चम्मच*
गरम मसाला	*: आधा चम्मच*
हींग	*: मूंगदाना समान*
जीरा	*: आधा चम्मच*
तेल	*: 1 बड़ा चम्मच*
अमचूर	*: आधा चम्मच*

विधि : तोरई को छीलकर लंबी फांकों में काटें। मूली को छीलकर बारीक-बारीक टुकड़े काटें। यदि मूली अधिक मोटी हो, तो बीच में चार टुकड़े करें। आलू को छीलकर चौकोर टुकड़े करें। सब सब्जियां धोकर तैयार करें। उसमें कटे हुए आलू, मूली व तोरई डालकर अमचूर को छोड़कर सारे मसाले डाल दें। आधी कटोरी (50 मि. लि.) पानी डालकर फ्राइंगपैन का ढक्कन लगाकर गैस धीमी कर दें। बीच-बीच में 2-3 बार पलट दें। 15-20 मिनट बाद देखें कि सब्जियां गल गईं हैं या नहीं। यदि सब्जियां गल गई हों और पानी सूख गया हो, तो अमचूर डालकर सब्जी को चम्मच से जोर से चलाएं, ताकि तीनों सब्जियां भली प्रकार आपस में घुल-मिल जाएं। फिर उतारकर स्वादिष्ट सब्जी का स्वाद लें।

नोट : इसे लोहे की कड़ाही में भी बनाया जा सकता है। इससे विशिष्ट स्वाद की सोंधी सब्जी तैयार होती है।

गांठ गोभी-गाजर-मटर

सामग्री :

गांठ गोभी	*: 150 ग्राम*
गाजर	*: 100 ग्राम*
मटर के दाने	*: 50 ग्राम*
नमक	*: स्वादानुसार*
लाल मिर्च	*: आधा चम्मच*
हल्दी	*: आधा चम्मच*
गरम मसाला	*: आधा चम्मच*
हींग	*: मूंगदाना समान*
जीरा	*: आधा चम्मच*
तेल	*: 1 बड़ा चम्मच*
अमचूर	*: आधा चम्मच*

विधि : गांठ गोभी छीलकर उसके 6 या 8 टुकड़े करें। गाजर छीलकर बारीक-बारीक काटें। मटर को छीलकर दाने धोकर रखें। बाकी दोनों सब्जियां भी धो लें।

कुकर में तेल गर्म करके हींग-जीरे की छौंक लगाएं। उसमें तीनों सब्जियां डालें व अमचूर तथा गरम मसाला छोड़कर बाकी सारे मसाले डालें। आधी कटोरी पानी डालकर चलाएं व देखें कि गांठ गोभी भी गल गई या नहीं। बाकी दोनों सब्जियां बहुत जल्दी गलती हैं। आंच पर रखकर अमचूर व गरम मसाला डालें। सूखने पर उतार लें।

फ्रेंच बीन्स-शिमला मिर्च-आलू

विधि : फ्रेंच बीन्स की दोनों ओर की नोकें काटकर लगभग 1/2 इंच लंबे टुकड़े करें। शिमला मिर्च गोल-गोल काट लें। आलू उबाल लें और फिर छीलकर लंबी फांकें करें।

फ्राइंगपैन/कड़ाही में हींग-जीरे की छौंक तेल में तैयार करें। फिर तीनों सब्जियां फ्राइंगपैन में डालकर नमक डाल दें। पलटे से चलाती रहें। गैस धीमी रखें। 5 मिनट बाद फ्रेंच बीन्स प शिमला मिर्च थोड़ी गल जाएगी। इसमें सभी मसाले डालें। 2 मिनट भली प्रकार चलाएं व ढककर गैस बंद कर दें।

इसमें शिमला मिर्च व बीन्स को अधिक देर तक नहीं गलाना है, न ही पानी डालना है।

सामग्री :

फ्रेंच बीन्स	: 25 ग्राम
शिमला मिर्च	: 125 ग्राम
आलू	: 100 ग्राम
नमक	: स्वादानुसार
लाल मिर्च	: आधा चम्मच
हल्दी	: आधा चम्मच
गरम मसाला	: आधा चम्मच
अमचूर	: आधा चम्मच
हींग	: मूंगदाना समान
जीरा	: आधा चम्मच
तेल	: 2 बड़े चम्मच

बंदगोभी-गाजर

विधि : बंदगोभी को खूब बारीक काट लें। आप चाहें, तो चिप्स कटर से भी कस सकती हैं। इससे बंदगोभी बिलकुल बारीक कट जाती हैं। गाजर को बीच से दो टुकड़े करें व बारीक-बारीक काटें। तेल गर्म करके हींग-जीरे की छौंक तैयार करें। उसमें अमचूर छोड़कर बाकी मसाले भूनें। अब गाजर-बंदगोभी भी डाल दें। इसमें पानी डालने की आवश्यकता नहीं। कुकर की सीटी बजते ही गैस बंद कर दें। खोलकर सब्जी चलाएं। ध्यान रहे, सब्जी बहुत अधिक न गले, न ही चलाने में सब्जी का चूरा बने। अब अमचूर व चीनी डालकर 2 मिनट के लिए गैस पर रखें,फिर स्वादिष्टसब्जी का आनंद लें।

नोट : इन दोनों ही सब्जियों में प्राकृतिक मिठास होती है। अतः इन दोनों सब्जियों को मिश्रित करके स्वादिष्ट सब्जी तैयार हो जाती है।

सामग्री :

बंदगोभी	: 250 ग्राम
गाजर	: 100 ग्राम
नमक	: स्वादानुसार
लाल मिर्च	: आधा चम्मच से कम
हल्दी	: आधा चम्मच
गरम मसाला	: आधा चम्मच
हींग	: चुटकीभर
जीरा	: छोटा चम्मच
तेल	: 1 बड़ा चम्मच
चीनी	: चौथाई चम्मच
अमचूर	: आधा चम्मच

आलू-बैगन

सामग्री :

आलू	*: 250 ग्राम*
बैगन	*: 250 ग्राम*
हल्दी	*: आधा चम्मच*
हींग	*: मूंगदाना समान*
जीरा	*: आधा चम्मच*
गरम मसाला	*: आधा चम्मच*
धनिया	*: 1 चम्मच*
हरा धनिया	*: 10 ग्राम*
लाल मिर्च	*: आधा चम्मच*
काला नमक	*: चुटकीभर*
अमचूर	*: 1 चम्मच*
हरी मिर्च	*: 2*
अदरक	*: 10 ग्राम*
घी/तेल	*: 25 ग्राम*
नमक	*: स्वादानुसार*
प्याज	*: इच्छानुसार*

विधि : आलू छीलें, धोएं और 4-8 फांकें करें। बैगन का डंठल काटकर फांकें कर पानी में डालें। कड़ाही में घी/तेल में प्याज के बारीक कटे टुकड़े लाल भून लें। हींग-जीरे की छौंक तथा प्याज को डालकर आलू और बैगन छौंक दें। नमक-हल्दी तथा सभी मसाले आधे डालें। थोड़ा पानी डालकर ढक दें। 20 मिनट बाद दोनों के पक जाने पर शेष मसाले, गरम मसाला, काला नमक, कटा हरा धनिया, हरी मिर्च और अदरक को पीसकर डालें। 2 मिनट तक ढके रखें। उसके बाद आलू-बैगन का स्वाद लें।

नोट : शुरू में टमाटर का गूदा छौंक में डालकर भी इसे बनाया जा सकता है।

आलू-टमाटर

सामग्री :

आलू	*: 250 ग्राम*
टमाटर	*: 100 ग्राम*
हल्दी	*: आधा चम्मच*
हींग	*: मूंगदाना समान*
जीरा	*: आधा चम्मच*
गरम मसाला	*: आधा चम्मच*
धनिया	*: 1 चम्मच*
हरा धनिया	*: 10 ग्राम*
लाल मिर्च	*: आधा चम्मच*
काला नमक	*: चुटकीभर*
अमचूर	*: 1 चम्मच*
हरी मिर्च	*: 2*
अदरक	*: 10 ग्राम*
घी/तेल	*: 25 ग्राम*
नमक	*: स्वादानुसार*
प्याज	*: इच्छानुसार*

विधि : आलू उबालें, छीलें। आधे मथे और आधे फांकों में काटें। टमाटर धोकर काटें। कड़ाही में (लोहे की कड़ाही के अलावा) घी/तेल डालकर प्याज के टुकड़ों को भूनकर निकालें। हींग-जीरे की छौंक तैयार करें। आधे - आधे मसाले डालकर भूनें। नमक-हल्दी छोड़कर केवल मथा आलू और प्याज डाल दें। 10 मिनट बाद टमाटर डाल दें। लगभग 15 मिनट बाद कटे आलू डालकर चलाएं और शेष मसाले, थोड़ा अमचूर, हरा धनिया, गरम मसाला, पिसी हरी मिर्च, अदरक तथा काला नमक छोड़ दें।

अरवी रानी

विधि : अरवी उबालकर छीलें और धो लें। टुकड़े करें और घी में तलें या घी गर्म कर दही डालकर सुर्ख-सुर्ख सूखी भूनें। मेथी पत्तियां धोकर काटें और पनीर के चौकोर टुकड़ों को काटकर घी में तलें। कड़ाही में घी के साथ अजवायन या जीरे और हींग की छौंक तैयार करें। मेथी पत्तियों को छौंक दें और नमक-हल्दी डाल दें। साग गलने के बाद पनीर के टुकड़े डालें। ढककर 10 मिनट तक छोड़ दें। फिर तली अरवी डालें, हरा धनिया और गरम मसाला छोड़ें, काला नमक बुरकें और 2 मिनट तक धनिया से सुवासित होने पर उपयोग में लाएं।

सामग्री :

अरवी	: *250 ग्राम*
मेथी पत्ती	: *125 ग्राम*
पनीर	: *100 ग्राम*
हल्दी	: *आधा चम्मच*
लाल मिर्च	: *चौथाई चम्मच*
धनिया	: *1 चम्मच*
हरा धनिया	: *10 ग्राम*
गरम मसाला	: *आधा चम्मच*
घी	: *150 ग्राम*
काला नमक	: *चुटकीभर*
जीरा	: *इच्छानुसार*
हींग	: *मूंगदाना समान*
अजवायन	: *चौथाई चम्मच*
दही	: *50 ग्राम*
नमक	: *स्वादानुसार*

मटर - बीजी - पनीर

विधि : मटर को धोएं। पनीर के टुकड़ों को घी में तलें। बीजों को घी में चटका लें। शेष घी में हींग-जीरे की छौंक तैयारकर, सभी मसाले आधे-आधे डालकर भूनें और मटर डाल दें। गलाने भर पानी और नमक-हल्दी छोड़ें। 10 मिनट बाद या मटर के दाने गलने पर पनीर के टुकड़े छोड़ें। बीज डालें, शेष मसाले डालें, भली-भांति चलाएं और मटर-बीजी-पनीर का स्वाद लें।

सामग्री :

पनीर	: *125 ग्राम*
घी	: *40 ग्राम*
जीरा	: *आधा चम्मच*
हींग	: *मूंगदाना समान*
लाल मिर्च	: *आधा चम्मच*
गरम मसाला	: *आधा चम्मच*
अमचूर	: *आधा चम्मच*
धनिया	: *1 चम्मच*
हल्दी	: *आधा चम्मच*
काला नमक	: *चुटकीभर*
मटर के दाने	: *250 ग्राम*
बीज (खरबूजा/ ककड़ी)	: *50 ग्राम*
नमक	: *स्वादानुसार*

काशीफल-टमाटर

सामग्री :

काशीफल	: 250 ग्राम
टमाटर	: 250 ग्राम
हल्दी	: आधा चम्मच
मेथी के दाने	: आधा चम्मच
गरम मसाला	: आधा चम्मच
धनिया	: 1 चम्मच
लाल मिर्च	: आधा चम्मच
हरा धनिया	: 10 ग्राम
काला नमक	: चुटकीभर
घी/तेल	: 10 ग्राम
चीनी	: 2 चम्मच
हींग	: मूंगदाना समान
नमक	: स्वादानुसार

विधि : काशीफल का बीज वाला भाग काट दें। छिलका उतारकर छोटे-छोटे टुकड़े काटें और धोएं। टमाटर को धोकर काट लें। कड़ाही में केवल मेथी के दाने और हींग की छौंक तैयार करें। काशीफल में नमक-हल्दी और आधे मसाले डालकर छौंक में भूनें। थोड़ा-सा पानी छोड़ें और ढक दें। 15-20 मिनट बाद जब काशीफल गल जाए, तो टमाटर डालें और ढक दें। 2 मिनट बाद काशीफल-टमाटर की सब्जी का स्वाद लें। चाहें, तो 2 चम्मच चीनी डालकर खट्मीठी सब्जी बना लें।

बैगन - मूली

सामग्री :

बैगन	: 250 ग्राम
मूली	: 125 ग्राम
हल्दी	: आधा चम्मच
धनिया	: 1 चम्मच
हरा धनिया	: 10 ग्राम
लाल मिर्च	: आधा चम्मच
अमचूर	: 1 चम्मच
घी/तेल	: 30 ग्राम
जीरा	: आधा चम्मच
हींग	: मूंगदाना समान
काला नमक	: चुटकीभर
नमक	: स्वादानुसार
प्याज	: इच्छानुसार

विधि : बैगन का ऊपरी डंठल काट दें, फांकें करें और पानी में डालें। मूली छीलकर गोल या लंबाई में छोटे-छोटे टुकड़े करें। तेल में प्याज के टुकड़े सुर्ख होने तक भूनें। हींग-जीरे की छौंक में तले हुए प्याज डालें और बैगन-मूली छौंककर नमक-हल्दी, आधे मसाले छोड़कर, थोड़ा पानी डालकर ढक दें। 20 मिनट बाद चलाकर शेष मसाले, अमचूर, काला नमक, गरम मसाला तथा हरा धनिया डालें और 2 मिनट तक खदकाएं। यह सब्जी सूखी या लपटवां – दोनों तरह से बन सकती है। आवश्यकतानुसार पानी घटा-बढ़ा दें।

बैगन-सेम

विधि : सेमों की नोकें तोड़कर लंबा रेशा निकालें और धोकर काट लें। बैगन का डंठल काटकर फांकें करें और पानी में डाल दें। कड़ाही में घी/तेल डालें और हींग-जीरे की छौंक तैयार करें। आधे मसाले डालकर भूनें। सेम-बैगन के टुकड़े पानी से निकालकर डालें। नमक-हल्दी डालें। थोड़ा पानी डालकर ढक दें। 15-20 मिनट बाद या गलने पर शेष मसाले, हरा धनिया व काला नमक बुरक दें। पानी सुखा या बढ़ाकर सूखी या लपटवां, जैसी बनानी हों, बनाएं।

सामग्री :

बैगन	:	*250 ग्राम*
सेम	:	*250 ग्राम*
हल्दी	:	*आधा चम्मच*
जीरा	:	*आधा चम्मच*
हींग	:	*मूंगदाना समान*
मिर्च	:	*आधा चम्मच*
पिसा धनिया	:	*1 चम्मच*
गरम मसाला	:	*आधा चम्मच*
अमचूर	:	*1 चम्मच*
हरा धनिया	:	*10 ग्राम*
काला नमक	:	*चुटकीभर*
घी/तेल	:	*25 ग्राम*
नमक	:	*स्वादानुसार*

बैगन-मटर

विधि : बैगन डंठल हटाकर काटें और पानी में डाल दें। मटर के दानों को धो लें। कड़ाही में घी/तेल में हींग-जीरा डालें और उसमें आधा मसाला भूनकर बैंगन-मटर को छौंक दें। (मटर उछल कर जला न दें, इस बात का ध्यान रखें।) नमक-हल्दी डालें और पानी छोड़कर ढक दें। 20 मिनट बाद, जब बैंगन-मटर पक जाएं, शेष मसाला, अमचूर, काला नमक और गरम मसाला डाल दें। यदि रसेदार बनाना चाहें, तो एक टमाटर या टमाटर का रस डालकर रसा बनाएं।

सामग्री :

बैगन	:	*250 ग्राम*
मटर के दाने	:	*125 ग्राम*
हल्दी	:	*आधा चम्मच*
लाल मिर्च	:	*आधा चम्मच*
धनिया	:	*1 चम्मच*
हरा धनिया	:	*10 ग्राम*
अमचूर	:	*आधा चम्मच*
गरम मसाला	:	*आधा चम्मच*
जीरा	:	*आधा चम्मच*
हींग	:	*मूंगदाना समान*
काला नमक	:	*चुटकीभर*
टमाटर	:	*100 ग्राम*
नमक	:	*स्वादानुसार*

बैगन-टमाटर

सामग्री :

बैगन	*: 250 ग्राम*
टमाटर	*: 250 ग्राम*
हल्दी	*: आधा चम्मच*
अमचूर	*: चौथाई चम्मच*
धनिया	*: 1 चम्मच*
जीरा	*: आधा चम्मच*
हींग	*: मूंगदाना समान*
लाल मिर्च	*: आधा चम्मच*
काला नमक	*: चौथाई चम्मच*
घी तेल	*: 20 ग्राम*
नमक	*: स्वादानुसार*

विधि : बैगन का डंठल काटकर छीलें, काटें और पानी में डालें। टमाटर धोकर काट लें। घी/तेल में जीरे-हींग की छौंक तैयार करें। आधे मसाले भूनें और बैगन छौंक दें। नमक-हल्दी और थोड़ा पानी डालकर ढक दें। 15 मिनट बाद जब वे अच्छी तरह गल जाएं, तो चलाकर कटे टमाटर, शेष मसाले, काला नमक, गरम मसाला तथा हरा धनिया काटकर डालें। 10 मिनट और ढककर खदकाएं। इच्छानुसार सूखी या लपटवां सब्जी बना लें।

नोट : आप छौंक के साथ टमाटर भूनकर कुकर में इस सब्जी को बना सकती हैं। इस प्रकार पकाने पर भिन्न स्वाद की सब्जी बनेगी।

खट्टा काशीफल-मटर

सामग्री :

काशीफल	*: 500 ग्राम*
मटर के दाने	*: 125 ग्राम*
घी/तेल	*: 30 ग्राम*
मेथी के दाने	*: चौथाई चम्मच*
जीरा	*: चौथाई चम्मच*
हींग	*: मूंगदाना समान*
लाल मिर्च	*: आधा चम्मच*
गरम मसाला	*: आधा चम्मच*
धनिया	*: आधा चम्मच*
हरा धनिया	*: 10 ग्राम*
अमचूर	*: 1 चम्मच*
काला नमक	*: चुटकीभर*
कच्चा आम	*: 50 ग्राम*
प्याज	*: इच्छानुसार*

विधि : काशीफल का बीज वाला भाग और छिलका उतारकर, गूदे को छोटे-छोटे टुकड़ों में काटें, धोएं। मटर छीलकर मटर दाने को भी धो लें। कड़ाही में घी/तेल में प्याज के छोटे-छोटे टुकड़ों को लाल भूनकर निकाल लें। जीरा-मेथी-हींग की छौंक तैयारकर सभी मसाले आधे-आधे डालकर भूनें। काशीफल और मटर को नमक-हल्दी डालकर प्याज के साथ छौंक दें। 20 मिनट के बाद कलछी से भली-भांति चलाकर शेष मसाले, हरा धनिया, गरम मसाला तथा काला नमक डालें। 2 मिनट बाद पुनः खदकाएं और उतार लें। यदि ऊपर से आधा चम्मच सौंफ पीसकर डालें, तो बड़ा स्वाद आता है। मौसम कच्चे आम का हो, तो अमचूर की जगह उसका भुरता या टुकड़े डालकर काशीफल का जायका लें।

बैगन-बड़ी / मुंगोड़ी

विधि : बैगन के डंठल काटकर हटाएं, बैगन छोटे टुकड़ों में काटें और पानी में डाल दें। बड़ियों या मुंगोड़ियों को कड़ाही में घी/ तेल में लाल भून दें। उनमें पानी डालें और हल्दी-नमक के साथ बैगन भी डाल दें। ढकें और लगभग 15 मिनट पकाएं। बैगन और बड़ियां जब गल जाएं, तब एक-एक करके मसाले डालें। हर बार चलाएं, ताकि कुछ बैगन का भाग और कुछ बड़ी टूटकर रसे को गाढ़ा कर दें। अमचूर, गरम मसाला, हरा धनिया तथा काला नमक डालें। 2 मिनट रुककर हींग-जीरे की छौंक तैयार कर उसमें मिला दें। बाद की छौंक से तरी स्वादिष्ट हो जाती है।

अथवा

तली हुई बड़ी-बैगन-टमाटर छोड़ दें। 10 मिनट तक पकने के बाद मसाले और हरा धनिया डालें तथा छौंक लगाकर स्वाद लें।

नोट : उड़द की दाल की सूखी हुई पकौड़ियों से बड़ी व मूंग की धुली-भीगी व पिसी दाल की पकौड़ियां सुखाकर मुंगोड़ी बनाते हैं।

सामग्री :

बैगन	: *250 ग्राम*
बड़ी / मुंगोड़ी	: *50 ग्राम*
टमाटर	: *250 ग्राम*
हल्दी	: *आधा चम्मच*
धनिया	: *1 चम्मच*
लाल मिर्च	: *आधा चम्मच*
हरा धनिया	: *10 ग्राम*
जीरा	: *आधा चम्मच*
हींग	: *मूंगदाना समान*
घी / तेल	: *50 ग्राम*
काला नमक	: *चुटकीभर*
अमचूर	: *आधा चम्मच*
नमक	: *स्वादानुसार*

लौकी-चना दाल

सामग्री :

लौकी	: 250 ग्राम
चना दाल	: 50 ग्राम
हल्दी	: आधा चम्मच
लाल मिर्च	: आधा चम्मच
धनिया	: 1 चम्मच
हरा धनिया	: 10 ग्राम
हींग	: मूंगदाना समान
जीरा	: आधा चम्मच
अमचूर	: आधा चम्मच
घी/तेल	: 20 ग्राम
काला नमक	: चुटकीभर
गरम मसाला	: आधा चम्मच
नीबू	: आधा
नमक	: स्वादानुसार

विधि : लौकी को छीलकर डंठल निकालकर काटें, धोएं। चना दाल को 2 घंटे पूर्व पानी में भिगो दें। छोटे मुंह वाले बर्तन या कड़ाही में हींग-जीरे की छौंक तैयार करें। पानी से निकालकर चना दाल और लौकी को छौंकें। नमक-हल्दी और आधा मसाला डालकर पानी छोड़कर ढक दें। 20 मिनट बाद शेष मसाले, हरा धनिया, काला नमक, अमचूर, गरम मसाला आदि डालें। बाद में 2 बूंद नीबू का रस भी निचोड़ें।

नोट : यदि दाल जल्दी पकाना चाहें, तो कुकर में पकाएं। आधी छौंक दाल पकने पर बाद में तैयार कर ऊपर से डालें।

मेथी-मटर-टमाटर

सामग्री :

हल्दी	: आधा चम्मच
दही	: 25 ग्राम
लाल मिर्च	: आधा चम्मच
धनिया	: 1 चम्मच
हरा धनिया	: 10 ग्राम
गरम मसाला	: आधा चम्मच
जीरा	: आधा चम्मच
हींग	: मूंगदाना समान
काला नमक	: चुटकीभर
अमचूर	: चौथाई चम्मच
नमक	: स्वादानुसार
मेथी-मटर-टमाटर	: 100 ग्राम

विधि : मेथी की पत्तियां तोड़ें, बारीक काटें, धोएं। मटर के दाने धोएं, टमाटर धोकर काटें। आधे मटरों को बारीक पीस लें। कड़ाही में घी/तेल में हींग-जीरे की छौंक तैयार करें। आधे मसाले उसमें भूनें। मेथी-मटर (साबुत तथा पिसी) व टमाटर—तीनों को छौंक दें। ऊपर से नमक-हल्दी डालें। थोड़ा पानी डालें। 15 मिनट ढककर छोड़ दें। जब वे गल जाएं, तो उन्हें चलाएं। दही/ पानी से रसेदार / लपटवां करें, शेष मसाले डालें। काला नमक, गरम मसाला तथा हरा धनिया डालें और स्वादिष्ट सब्जी का स्वाद लें।

गाजर-आलू

विधि : गाजर के नीचे का भाग काट दें। चाकू से खुरचकर गाजर साफ करें। छोटे-छोटे टुकड़े काटें। आलू छीलें, काटें और धोएं। कड़ाही में घी/तेल में हींग-जीरे की छौंक तैयारकर गाजर-आलू को छौंकें। आधा मसाला और नमक-हल्दी डालें। पानी डालकर ढक दें। 20 मिनट बाद अंदाज से रसा करके शेष मसाले, काला नमक, गरम मसाला और हरा धनिया डालकर 2 मिनट खदकाएं, फिर स्वाद लें।

नोट : बड़ी गाजरों का बीच का सख्त भाग काटकर निकाल दें।

सामग्री :

गाजर	: *250 ग्राम*
आलू	: *250 ग्राम*
घी/तेल	: *30 ग्राम*
हल्दी	: *आधा चम्मच*
जीरा	: *आधा चम्मच*
हींग	: *मूंगदाना समान*
गरम मसाला	: *आधा चम्मच*
धनिया	: *1 चम्मच*
हरा धनिया	: *10 ग्राम*
लाल मिर्च	: *आधा चम्मच*
काला नमक	: *चुटकीभर*
अमचूर	: *1 चम्मच*
नमक	: *स्वादानुसार*

गाजर-मटर

विधि : गाजरों को खुरचकर काटें और धोएं। मटर के दानों को धोएं। कड़ाही में घी/तेल में हींग-जीरे की छौंक तैयार करें और उसमें पहले मसाले डालकर भूनें, फिर गाजर-मटर छोड़ दें। नमक-हल्दी और थोड़ा पानी डालकर ढक दें। 20 मिनट बाद सूखी या रसेदार बनाकर शेष मसाले, काला नमक, गरम मसाला तथा कटा हरा धनिया काटकर डालें।

नोट : गाजर-मटर-आलू तीनों सब्जियों को मिलाकर भी बनाया जा सकता है। इन्हें पकाकर अंत में चीनी के 2-4 दाने डालने से सब्जी स्वादिष्ट बनती है।

सामग्री :

गाजर	: *250 ग्राम*
मटर के दाने	: *250 ग्राम*
नमक	: *स्वादानुसार*
हल्दी	: *आधा चम्मच*
लाल मिर्च	: *आधा चम्मच*
धनिया	: *1 चम्मच*
हरा धनिया	: *10 ग्राम*
जीरा	: *आधा चम्मच*
हींग	: *मूंगदाना समान*
अमचूर	: *1 चम्मच*
गरम मसाला	: *आधा चम्मच*
घी/तेल	: *50 ग्राम*
काला नमक	: *चुटकीभर*

मटर-पनीर-मखाने

सामग्री :

मटर के दाने	*: 250 ग्राम*
पनीर	*: 100 ग्राम*
मखाने	*: 100 ग्राम*
घी	*: 100 ग्राम*
हल्दी	*: आधा चम्मच*
लाल मिर्च	*: आधा चम्मच*
धनिया	*: 1 चम्मच*
हरा धनिया	*: 10 ग्राम*
गरम मसाला	*: आधा चम्मच*
अमचूर	*: आधा चम्मच*
हींग	*: मूंगदाना समान*
काला नमक	*: चुटकीभर*
नमक	*: स्वादानुसार*

विधि : मखानों को साफ कर तथा पनीर को लगभग 1-1 इंच के चौकोर टुकड़ों में काटकर घी में सुर्ख कर लें। मटर धोकर घी में जीरे-हींग की छौंक में डाल दें तथा नमक-हल्दी डालें। गल जाने के बाद मखानों को उनमें मिला दें और थोड़ा पानी छोड़ दें। 20 मिनट बाद एक-एक करके सभी मसाले डालें और चलाएं। तब पनीर टुकड़ों को डालें। 10 मिनट तक खदकाकर हरा धनिया, काला नमक और गरम मसाला डालें।

आलू-मुंगोड़ी

सामग्री :

आलू	*: 150 ग्राम*
मुंगोड़ी	*: 50 ग्राम*
दही	*: 100 ग्राम*
नमक	*: आधा चम्मच*
मिर्च	*: आधा चम्मच*
हल्दी	*: आधा चम्मच*
गरम मसाला	*: चौथाई चम्मच*
हींग	*: चुटकीभर*
पिसा जीरा	*: तीन चौथाई चम्मच*
घी	*: 1 बड़ा चम्मच*
तेल / घी	*: आवश्यकता के अनुसार*

विधि : यदि मुंगोड़ी बड़े टुकड़ों में हैं, तो उन्हें सबसे पहले छोटे टुकड़ों में तोड़ लें। कड़ाही में देसी घी अथवा तेल में मुंगोड़ी तल लें। गुलाबी रंग की होने पर उतारें। दो सामान्य आकार के आलू लेकर छीलें और चौकोर टुकड़ों में काट लें। फिर कुकर में हींग-जीरे का छौंक घी में भूनें और मुंगोड़ी व आलू डालें। साथ ही, एक गिलास पानी डाल दें। नमक, मिर्च व हल्दी डालकर कुकर बंद कर दें। 5 मिनट तक सीटी बजने पर गैस बंद करें। दही को भली प्रकार फेंटकर रखें। थोड़ी देर बाद भाप निकल जाने पर कुकर खोलकर दही डाल दें और भली प्रकार उबाल आने पर गरम मसाला डाल दें।

नोट : यह आलू - मुंगोड़ी रोटी, पुलाव व चावल सभी के साथ अच्छी लगती है।

आलू-मटर-मखाने

विधि : मखानों को घी में सुर्ख कर लें। आलू धोएं और काटें। मटर के दाने धोएं। घी में हींग-जीरे की छौंक तैयार करें। आधे मसाले भूनें और आलू-मटर-मखानों को नमक-हल्दी डालकर छौंक दें। थोड़ा पानी डाल दें। 20 मिनट बाद या गल जाने पर शेष मसाले, काला नमक और हरा धनिया छोड़ें। इच्छानुसार लपटवां या रसेदार सब्जी बनाकर उतार लें।

मखानों के स्थान पर बादाम या काजू या अखरोट या पिस्ते तलकर सब्जी में डाल सकती हैं। यदि सब्जी को और भी पौष्टिक तथा स्वादिष्ट बनाना है, तो उसमें ऊपर से मक्खन डालें।

सामग्री :

आलू	: *250 ग्राम*
मटर के दाने	: *100 ग्राम*
मखाने	: *100 ग्राम*
घी	: *50 ग्राम*
जीरा	: *आधा चम्मच*
हींग	: *मूंगदाना समान*
हल्दी	: *आधा चम्मच*
धनिया	: *1 चम्मच*
लाल मिर्च	: *आधा चम्मच*
हरा धनिया	: *10 ग्राम*
गरम मसाला	: *आधा चम्मच*
काला नमक	: *चुटकीभर*
अमचूर	: *1 चम्मच*
मक्खन	: *100 ग्राम*
बादाम/काजू/ अखरोट/पिस्ते	: *50 ग्राम*
नमक	: *स्वादानुसार*

रसादार (ग्रेवी)

'ग्रेवी' शब्द का कोशीय अर्थ है वह रस/द्रव, जो मांस को पकाने की प्रक्रिया के मध्य और समाप्ति के बाद मांस स्रवित होता रहता है। मांसाहारियों की सूखी साग-सब्जी में रसा बढ़ाने के लिए तो इनका प्रयोग होता ही है, बहुधा लोग शाकाहारियों को धोखे से, मजाक में या जानबूझकर इस रस को सब्जी में मिलाकर स्वाद्-परिवर्तन करने में पंडित होने का दावा करते हैं या उनके अहम् को इस बात से संतुष्टि मिलती है कि हमने मांस के शोरबे में सब्जी को मिलाकर उसे खिला दिया। वह अपनी उंगलियां चाटता रह गया, क्योंकि उसने उससे पूर्व कभी ऐसे विशिष्ट स्वाद की सब्जी नहीं खाई थी। जो चीज पहले कभी न खाई हो, यदि वह वास्तव में स्वादिष्ट है, तो खाने वाला प्रशंसा करेगा ही, लेकिन भारतीय भोजन, जो 'षट्रसीय' (कड़वा, मीठा, तीखा, खट्टा, नमकीन और कसैला) होता है और जो षट अर्थात् छः (पीना, खाना, चबाना, निगलना, चाटना और चूसना) प्रकारों से खाद्य है, किसी अन्य आधार की अपेक्षा नहीं करता है और न स्वाद में ही किसी पदार्थ से गिरा हुआ होता है।

भारतीय परिवारों में प्रायः ग्रेवी का प्रयोग सीमित है, क्योंकि यहां का भोजन-दर्शन है– ''बासी बचे न कुत्ता खाय'', जबकि ग्रेवी पहले से बनाकर रखने वाली वस्तु है, परंतु जब सभी विधाओं में अनुकरण की प्रवृत्ति चल निकली है, तो भारतीय भोजन में ग्रेवी विधा का क्या महत्त्व और स्थान है, यह एक विचारणीय विषय बन जाता है। इंस्टैंट भोजन के इस युग में ग्रेवी जैसी वस्तु अलादीन का चिराग जैसी लगती है, जिसे जब घिसा, भिन्न स्वाद का देव, सेवा के लिए प्रस्तुत होता है।

अतः ग्रेवी का मतलब पहले से तैयार या सब्जी पकने के दौरान बना वह रसा है, जो किसी एक/एकाधिक आधार-पदार्थों और भिन्न-भिन्न मसालों को मिश्रित कर बनाया जाता है। सूखी सब्जी में भी इसका रसा पड़ जाए, तो स्वाद में परिवर्तन हो जाता है। जिस होटल में जितने प्रकार की ग्रेवियों पर आधारित डिशेज परोसी जाती हैं, उसके रसोइये उतने ही पाक-दक्ष, सुरुचिपूर्ण और कल्पनाशील माने जाते हैं।

ग्रेवी के गुण और आकार-प्रकार की चर्चा करने से पूर्व यह देखना आवश्यक हो जाता है कि भारतीय भोजन-पद्धति में इसका प्रचलन पहले से ही है या यह पाश्चात्य भोजन-पद्धति की देन या अनुकरणमात्र है। यदि हम भारतीय शाकाहारी पहलवानों

भोजन-पद्धति की देन या अनुकरणमात्र है। यदि हम भारतीय शाकाहारी पहलवानों पर दृष्टिपात करें, तो वहां यखनी या अखनी (ग्रेवी) का बहुप्रचलन दिखाई देता है। भारतीय शाकाहारी पहलवान लोग मांस-रस आधारित अखनी का उपयोग नहीं करते, वरन् उनकी अखनी मिट्टी की अंगीठी में मिट्टी की हांडी या कड़ाही में घंटों धीमे-धीमे पका हुआ अघोंटा (लाल रंग और मोटी मलाईयुक्त, जलकर आधा रहा) दूध है। उसके आधार पर दूधपान या दूध और घीपान या दूध और शहदपान या दूध-घी-शहदपान या दूध और बादामपान या दूध और पिस्तापान या दूध और पिस्ता और बादामपान या दूध और काजूपान या दूध और मखानापान जैसे अन्यान्य पान वे करते हैं। दूध आधार है, परंतु उस का नाम कोई नहीं लेता, वरन् जो पदार्थ मिलाया जाता है, वह अखनी उसके नाम से, यथा– बादाम की अखनी, घी की अखनी आदि मानी जाती है। इसके विपरीत आधुनिक अखनियों का नामकरण संस्कार आधार-सामग्री के नाम पर होता है।

अभी के विवरण के आधार पर दो बातें स्पष्ट होती हैं। पहली यह कि अखनी स्वयं रसाधार बनाने का साधन है, मगर वह आधार स्वयं में ठोस होता है। जैसे– मखाने की अखनी या दही और टमाटर की अखनी (ग्रेवी)। इनमें से कोई भी स्वयं में द्रव नहीं है, वरन् सभी द्रव रूप में परिवर्तित पदार्थ हैं, लेकिन जब आधार पदार्थ ही द्रव हो, यथा – दूध, तो अखनी बनाने के लिए कुछ ठोस द्रव या गैस रूपी पदार्थों की आवश्यकता होती है, जो मिलकर उस आधार-द्रव को अखनी रूप प्रदान करते हैं।

अखनी के संबंध में दूसरी यह बात द्रष्टव्य है कि जिस वस्तु में अखनी मिलाई जाए, उसके स्वाद में तत्काल परिवर्तन हो जाता है। अतः जो वस्तु (द्रव, ठोस या गैस– मसालों के प्रत्यक्ष मिलाने को छोड़कर) अखनी की भांति स्वाद - परिवर्तन करे, उसे 'अखनी' की संज्ञा से संबोधित करना चाहिए। इस संकल्पना के आधार पर भारत की परंपरागत अखनियां निम्न प्रकार की हो सकती हैं– 1. द्रव, 2. गाढ़ी, 3. अवलेह, 4. ठोस एवं 5. गैस।

आइए, अब कुछ भारतीय ग्रेवियों का विवरण देखें। भारत में सब्जियों के जगत् में दही, टमाटर, प्याज, लहसुन, धनिया-पुदीना (हरा), अदरक, हरी मिर्च, मखाना, राई आदि अनेक आधार पदार्थ हैं, जो अखनी या अखनी सदृश प्रयुक्त होते हैं। इन आधार पदार्थों की मात्रा वास्तविक सामग्री की मात्रा से प्रायः छठवां या आठवां भाग होती है। गाढ़े-पतले के अनुसार इस अनुपात में इच्छानुसार परिवर्तन हो सकता है। सर्वमान्य अखनियों पर तो बाद में आएंगे, पहले अपनी धारणा पर आधारित अखनियों की बात, जैसे– बताशे (गोलगप्पे) का जल, जीरा, खट्टी चटनी, मीठी चटनी, राई का संपुट आदि का उल्लेख करते हैं।

राई का संपुट

सामग्री :
राई
सरसों का तेल
लाल मिर्च
काला नमक
धनिया
हींग
कपूर
गुलाब की पंखुड़ियां
केवड़े के बाल
खस की घास
मक्खन
क्रीम
टमाटर
दही
प्याज
हरा धनिया
गरम मसाला
मेवा

विधि : राई में नमक डालकर बारीक पीसें। उसमें थोड़ा सरसों का तेल, लाल मिर्च, काला नमक, सूखा धनिया तथा हींग मिलाएं। साथ ही पानी भी मिला दें। यदि सर्दियों में प्रयोग में लाना हो, तो 5-6 दिन पूर्व इस प्रकार मिलाकर रख दें। फिर जो भी साग-सब्जी चाहें, इसमें उबालकर डालते जाएं। कच्ची खाने में प्रयुक्त सब्जियों को ज्यादा न गलाएं। 10-12 मिनट तक उबालें और इसमें डालें। यह ग्रेवी 5-6 दिन और आगे तक सुरक्षित रहती है। मसालों की मात्रा पानी के अनुपात में रखें। सब्जियां फिर कम या ज्यादा डाली जा सकती हैं।

यही दशा जलजीरे की है। इसमें सादे बताशे, नमकीन बताशे, सोंठ बताशे, जीरा बताशे और छोटी कचौड़ी के अलावा दक्षिण भारत में प्रचलित इमली-संपुट के सभी गुण होते हैं। अतः इमली के रस के बजाय इनका प्रयोग हो सकता है।

भारत में दीवाली/होली की कल्पना करें। हर घर भांति-भांति के मिष्ठानों से भरा होता है। वहां साग-सब्जी बनाने की किसे फुरसत? तब राई की ग्रेवी का प्रयोग बूंदी राई, बड़ी राई, पकौड़ी राई (कांजी, बूंदी-कांजी) के रूप में खूब होता है। यहां की ठोस अखनी का प्रयोग द्रष्टव्य है। कोरे, साफ, पोंछे घड़े में हींग का या हींग-जीरे का या भीमसेनी कपूर का धुआं देकर थोड़ी देर तक बंद रखें। 10 मिनट बाद इसमें जो भी सब्जी डालेंगे, उसमें इन चीजों की गंध, जो बड़ी मोहक होगी, बस जाएगी। गर्मियों में मिट्टी के कोरे घड़े में गुलाब पंखुड़ियों, केवड़े के बाल और खस की घास का यही कार्य होता है। एक बार बसा दीजिए। जब तक घड़ा है, तब तक वह गंध सब वस्तुओं, जो उसमें डाली जा रही हैं, को

मखाने आलू

सरसों का साग

काबुली चने और काले चने

सुगंधित करती रहेगी। स्वाद में जमीन-आसमान का अंतर आ जाएगा।

यहां विभिन्न प्रकार की ग्रेवी की विधियां प्रस्तुत हैं। सामग्री का उल्लेख मात्र किया गया है। उनकी मात्रा इच्छानुसार बढ़ाई-घटाई जा सकती है। इनमें साधारणतः मक्खन, क्रीम, टमाटर, दही, अदरक, प्याज, हरा धनिया, खड़ा गरम मसाला, मेवों आदि का प्रयोग होता है।

मखाने की ग्रेवी/खसखस ग्रेवी

विधि : मखाने या खसखस को पानी का छींटा देकर बारीक पीसें। उसे थोड़े घी/तेल में सुर्ख भूनें। टमाटरों को धोकर काटें। हरी मिर्च की डंडियां तोड़ें, अदरक को छीलें, काटें और धोएं। साथ ही मनचाहे अनुपात में लाल मिर्च, लौंग, इलायची (बड़ी), नमक डालें और चाहें, तो प्याज भी डालकर चटनी-सी पीस लें। उसे गर्म करें और छान लें। मखाने/खसखस को मिलाकर पुनः खदका लें। मक्खन/क्रीम या दोनों मिलाएं। पिसा जीरा और भुना जीरा-हींग डालें। यदि पसंद हो, तो सौंफ का चूर्ण भी थोड़ा-सा डाला जा सकता है।

सामग्री :
मखाना
खसखस
घी/तेल
टमाटर
हरी मिर्च
अदरक
लाल मिर्च
लौंग
इलायची
नमक
प्याज
पिसा जीरा
हींग
सौंफ

प्याज ग्रेवी

सामग्री :
प्याज
नमक
हल्दी
लाल मिर्च
अदरक
हरा धनिया
धनिया
काला नमक

विधि : कड़ाही में घी गरमाएं। उसमें प्याज को बारीक पीसकर या काटकर डालें और हल्का भूरा भूनें। फिर एक-एक करके नमक, हल्दी, लाल मिर्च, अदरक, हरा धनिया, पिसा-कुटा सूखा धनिया, जीरा, हींग और काला नमक डालकर घोल बनाकर उतारें।

धनिया-अदरक ग्रेवी

सामग्री :
अदरक
हरा धनिया
हरी मिर्च
लाल मिर्च
हींग
जीरा
धनिया
काला नमक
टमाटर
क्रीम
छोटी इलायची

विधि : धनिया पत्ती अलग कर धो लें। अदरक छीलकर, काटकर धो लें। मनचाहे अनुपात में हरी मिर्चों की डंडियां काटकर तीनों को बारीक-बारीक पीस लें। पीसते समय हींग, जीरा, सूखा धनिया अथवा काला नमक व सभी मसाले आधी मात्रा में डालें। कड़ाही में घी छोड़कर कटे हुए टमाटर भली-भांति भून लें, तब धनिया-अदरक चटनी को डालें, चलाएं और क्रीम मिलाने के बाद शेष मसाले तथा छोटी इलायचियों का चूर्ण छोड़ें।

दही ग्रेवी

विधि : दही को भली-भांति मथ लें। कड़ाही में घी डालकर सभी गरम मसालों को धीमी आग पर भून लें। हरी मिर्च, अदरक तथा हरा धनिया पीसकर उसमें मिला लें। कड़ाही उतार दें। जरा ठंडी होने पर उसमें मथा दही छोड़ें। पुनः आग पर रखें, थोड़ा पानी डालें और जैसे ही चिकनाई ऊपर आए, उतार लें। चाहें उसमें, प्याज या चटनी या अखरोट या चिरौंजी और काला नमक मिलाकर गरम मसाला डालकर पुनः गर्म करें। यदि सर्दी का मौसम हो, तो उसमें जायफल तथा जावित्री चूर्ण भी डालें।

सामग्री :
दही
गरम मसाला
हरा धनिया
प्याज
अखरोट
काला नमक
जायफल
जावित्री

टमाटर ग्रेवी

विधि : टमाटर धोकर काट लें। कड़ाही में घी डालकर मसाला कड़का लें। उसमें हरी मिर्च, हरा धनिया, पुदीना और अदरक का अवलेह (चटनी) मिलाएं और नमक-जीरा, काला नमक, धनिया आदि डालें। कटे टमाटर डालकर उस समय तक चलाएं, जब तक चिकनाई ऊपर न आ जाए। पानी डालें और खदकाएं। अब उसमें पिसा प्याज, काजू या बादाम या चिरौंजी और क्रीम डालकर गरम मसाले का संपुट देकर गाढ़ा घोल बनाकर उतारें।

■■

सामग्री :
टमाटर
घी
हरी मिर्च
हरा धनिया
पुदीना
अदरक
नमक
जीरा
काला नमक
धनिया
प्याज
काजू / बादाम
चिरौंजी
क्रीम

रसेदार सब्जियां

रसेदार सब्जियां बहुप्रचलित सब्जियां हैं। इसके कई कारण हैं। कम सब्जी में पानी बढ़ाकर उसकी मात्रा को कुछ हद तक बढ़ाया जा सकता है। रसेदार सब्जी रुचिपूर्ण और भोजन को पचाने में भी सहायक होती है। कोई मसाला/छौंक न हो, तब भी केवल नमक-हल्दी मिली सब्जी काम दे जाती है।

अभी तक देखने में आया था कि छौंक में प्याज-लहसुन के अलावा हींग-जीरा और एकाध सब्जी के लिए लौंग, मेथी, अजवायन आदि का प्रयोग हुआ था, जबकि रसेदार सब्जी में इनके अलावा राई, हरी मिर्च, सुर्ख लाल मिर्च, अदरक, दही, मट्ठा, तेजपत्ता आदि का भी प्रयोग होता है। मसालों का प्रयोग भी ताजा या सूखे पिसे हुए या ताजा गीले पीसकर, तलकर या भूनकर – अनेक प्रकार से किया जाता है। तरी देने के लिए भुने प्याज-लहसुन के अलावा अच्छी मात्रा में चिकनाई, टमाटर, ताजे सूखे मसालों या ताजे गीले मसालों आदि का प्रयोग मध्य या अंत में किया जाता है। ये सब छौंक के अलावा हैं। रोगनी मिर्चें काली साबुत मिर्चें, लाल सूखी साबुत मिर्चें, हरी साबुत मिर्च, कसा हुआ अदरक तथा प्रत्येक सूखा मसाला छौंककर तरी के लिए प्रयुक्त हो सकता है। जिन सब्जियों में दही का प्रयोग होता है, उनमें दही का पर्याप्त मात्रा प्रयोग में किया जाता है। यदि कोई मसाला उपलब्ध नहीं हो, तो तरी के लिए पर्याप्त मात्रा में केवल चिकनाई ही छोड़ दी जाती है।

विधियां

रसा बनाने के लिए कई तरीकों को अपनाया गया है। सब्जी का रसा सब्जी सहित और बिना सब्जी के भी बनाया जाता है। सब्जी सहित रसा बनाने में सब्जी को कच्चा काटकर छौंक देते हैं। यदि छौंक बाद में लगी होती है, तो बिना छौंक के भी पानी चढ़ाकर सब्जी डाल देते हैं। नमक-हल्दी प्रायः आरंभ में ही मिला दी जाती है। कुछ सब्जियां स्वयं पानी छोड़ देती हैं। ज्ञान भी होना चाहिए। दूसरे तरीके के अनुसार, सब्जी को पहले उबाल लिया जाता है और उधर पानी में नमक-हल्दी डालकर घोल बनाया जाता है। जब सब्जी उबलकर गल जाती है, तो छील-काटकर उसे उबलते पानी में डाल दिया जाता है। जब पुनः उबाल आ जाए, तो उसमें एक-एक करके मसाले मिला देते हैं और तब तक खदकाते हैं, जब तक सब्जी अपनी रुचि के अनुसार

गाढ़ी नहीं हो जाती। गाढ़ी होने पर हरी मिर्च, अदरक तथा हरा धनिया डाल दिया जाता है। फिर छौंक लगाते हैं। तरी के लिए मिर्चें, रोगनी मिर्चें, गरम मसाला, तेजपत्ता आदि चिकनाई के साथ मिला देते हैं। मिर्च-प्रेमी छोटी-छोटी हरी या लाल या सूखी मिर्चें भी छौंक में छोड़ देते हैं।

निर्देश :

1. रसेदार सब्जी में चिकनाई और छौंक ऊपर चमके, इसके लिए यह उत्तम होता है कि परंपरागत छौंक के अलावा, अंत में रोगनी मिर्चें/गरम मसाला डालकर थोड़े अधिक घी में छौंक लगा दें।

2. यदि सब्जी कच्ची काटकर छौंकी गई है, तो आरंभ में उसमें थोड़ा पानी ही मिलाना चाहिए, ताकि सब्जी आसानी से गल सके। सब्जी गलने के बाद अपनी इच्छानुसार गर्म पानी बढ़ाकर रसा बनाया जा सकता है।

3. रसेदार सब्जी उतारते समय उसमें हरी मिर्च, हरा धनिया, अदरक और काले नमक की चटनी बनाकर डालने से रसे पर आब आती है व स्वाद बढ़ जाता है।

4. धीमी आग पर बनाया गया रसा तेज आग पर बनाए गए रसे से अधिक स्वादिष्ट होता है। अतः मंद आग का ही प्रयोग करें।

5. यदि सब्जी कड़ाही के अलावा किसी और बर्तन में बनानी है, तो उसमें अंत की छौंक के लिए लोहे की कलछी या मिट्टी का सकोरा प्रयुक्त करें। इससे सब्जी में एक विशेष स्वाद आ जाएगा।

6. यदि गलने के बाद पानी बढ़ाना है, तो गर्म पानी ही डालें। इससे स्वाद और ईंधन – दोनों की ही रक्षा होगी।

7. आधे मसाले छौंक में और आधे बीच में डालें, तो मसाले अधिक स्वाद देंगे।

नोट : यहां एक जैसी सब्जी को बनाने की एक से अधिक विधियां दी गई हैं, पर सबकी सामग्री एक साथ ही दी गई है। पाठकगण कृपया अपनी रुचि की पाक-विधि के अनुरूप सामग्री का चयन कर लें।

आलू

सामग्री :

आलू	: *250 ग्राम*
हल्दी	: *आधा चम्मच*
जीरा	: *आधा चम्मच*
लौंग	: *10*
अमचूर	: *1 चम्मच*
धनिया	: *1 चम्मच*
हरा धनिया	: *20 ग्राम*
घी/तेल	: *50 ग्राम*
प्याज	: *इच्छानुसार*
हींग	: *मूंगदाना समान*
हरी मिर्च	: *4*
अदरक	: *10 ग्राम*
लहसुन कली	: *1*
मेथी के दाने	: *आधा चम्मच*
रोगनी मिर्च	: *चुटकीभर*
काला नमक	: *चुटकीभर*
दही	: *50 ग्राम*
गरम मसाला	: *1 चम्मच*
नमक	: *स्वादानुसार*

विधि : आलुओं को उबालकर छील लें तथा लंबी फांकों में काटें या हाथ से फोड़कर टुकड़े करें, जिससे कुछ आलुओं के टुकड़े बचेंगे व कुछ आलू चूरा हो जाएंगे। कड़ाही या भगोने में घी/तेल डालकर हींग-लौंग की छौंक बनाएं। छौंक के सुर्ख होने पर सभी मसाले भूनें (खटाई नहीं), आलुओं को छौंक दें और नमक-हल्दी डालकर छौंक में भली-भांति मिला दें। जितना रसा रखना हो, उससे सवाया पानी डालें, क्योंकि कुछ पानी उबलने से कम हो जाएगा। कम-से-कम 15 मिनट तक उबालें। जब उबले आलुओं के कुछ टुकड़े घुलने लगें, तब अमचूर छोड़ें। हरा धनिया काटकर डालें, गरम मसाला और काला नमक छोड़ें और पुनः 2 मिनट तक खदकाकर उतारें।

अथवा

उबले, कटे/मथे आलुओं में हरी मिर्च, अदरक, हरे धनिये की चटनी-सी बनाकर, मिलाकर छौंकें। छौंक चाहें तो प्याज की लगाएं, चाहे लहसुन की, जीरे-हींग की या राई-हींग की, मेथी-जीरा-हींग की या हींग-लौंग की, गरम मसाले-हींग की या तेजपत्ता-हींग की (छौंक बदलने पर आलू के रसे का स्वाद बदल जाएगा)। छौंके हुए आलुओं में नमक-हल्दी मिलाकर इच्छानुसार पानी डालें। लगभग 15 मिनट बाद जब कुछ आलू घुलने लगें और शेष आलू मुलायम हो जाएं, तब एक-एक करके सभी मसाले डालें। अंत में घी की पुनः छौंक लगाएं। छौंक में थोड़ी रोगनी मिर्च छोड़ें। ऊपर से हरा धनिया, गरम मसाला और काला नमक डालें और रसे के आलू का स्वाद लें।

अथवा

उबले, कटे/मथे आलुओं को उक्त किसी भी विधि से छौंक दें। छौंक में दही के साथ मसाले भूनें और तब आलू मिलाएं। ऊपर की विधि से बना लें।

अथवा

कच्चे आलू लें। धोकर छीलें, पुनः धोएं। लंबे-लंबे टुकड़ों में काटें। किसी भी छौंक में मसाले भूनकर छौंक दें। नमक-हल्दी डालें। जितना रसा बनाना है, उससे डेढ़ गुना पानी डालें और 20 मिनट तक ढककर उन्हें गला लें। अब अमचूर, हरा धनिया, गरम मसाला और काला नमक छोड़ दें।

अथवा

उबले/कच्चे, कटे-धुले आलुओं को पानी रिस जाने पर घी/तेल में तल लें। घी/तेल के रिस जाने पर उक्त किसी भी विधि से रसेदार आलू बना लें।

अथवा

आलुओं को ओवन/भट्ठी/अंगीठी/तंदूर में भून लें। छीलें, धोएं, काटें। ऊपर की किसी विधि से रसेदार आलू बनाएं (अलग-अलग विधि से अलग-अलग स्वाद के आलू बनेंगे)।

नोट : यदि आलू की सब्जी कुकर में पकानी हो, तो जितना रसा बनाना है, उससे आधी कटोरी ज्यादा ही पानी रखें। कच्चे व कटे आलू भी कुकर में शीघ्र व स्वादिष्ट बनते हैं।

काशीफल

सामग्री :

काशीफल	*: 250 ग्राम*
हल्दी	*: आधा चम्मच*
धनिया	*: 1 चम्मच*
अमचूर	*: 1 चम्मच*
हरा धनिया	*: 10 ग्राम*
मेथी के दाने	*: आधा चम्मच*
सौंफ	*: आधा चम्मच*
गरम मसाला	*: आधा चम्मच*
हींग	*: मूंगदाना समान*
काला नमक	*: चुटकी भर*
घी / तेल	*: 50 ग्राम*
गुड़ / चीनी	*: 25 ग्राम*
नमक	*: स्वादानुसार*

विधि : काशीफल के भीतर का मुलायम बीज वाला गूदा निकाल दें। छीलकर काटें, धोएं और कड़ाही में घी / तेल में हींग, मेथी के दाने की सुर्ख छौंक तैयार करें। छौंक में हल्दी सहित सभी मसाले भूनें और काशीफल, नमक व थोड़ा पानी डालकर भली-भांति मिलाकर ढक दें। 15-16 मिनट बाद गलने पर उसे चम्मच से थोड़ा मथें, चीनी और अंदाज से पानी छोड़ें तथा 5-7 मिनट पुनः खदकाएं। पिसा धनिया, हरा धनिया, गरम मसाल, काला नमक डालकर काशीफल का स्वाद लें।

अथवा

ऊपर की विधि से काशीफल गलाकर उसमें मसालों के वजन के बराबर चीनी / गुड़ डालें और भली-भांति चलाएं। मीठे काशीफल में अमचूर भी थोड़ा अधिक ही डालें। बाद में पुनः छौंक दें।

अथवा

छीलें। मुलायम गूदा तथा बीज निकालकर काशीफल काटें और उबाल लें। तब छौंककर सब्जी बनाएं।

अथवा

बिना छिला काशीफल (यदि छिलका मुलायम हो। उसमें नाखून गड़ाकर देख लें) उक्त विधियों से बना लें, तो सब्जी अधिक सोंधाहट वाली होती है।

नोट : मीठी सब्जी बनाती हो तो पका हुआ पीला काशीफल बनाने के लिए कच्चा सफेद अथवा हरा सीताफल (काशीफल) लेना चाहिए। इसे बिना छीले ऊपर दी गई विधि से ही बनाएं, परंतु अंत में चीनी अथवा गुड़ न डालें।

अरवी

विधि : अरवी उबालें, छीलें, साबुत रखें अथवा गोल या लंबी काटें। कड़ाही (लोहे के अलावा) में घी/तेल में अजवायन-हींग की छौंक तैयार करें। अजवायन के सुर्ख होने पर सभी मसाले उसमें तलें और अरवी छोड़कर नमक डालें। अंदाज से पानी (यदि पहले से गर्म है, तो उत्तम होगा) डालें। खदकाएं और कुछ गाढ़ी होने पर यानी 10-15 मिनट तक खदकने पर कटा हरा धनिया और काला नमक डालकर स्वाद लें।

अथवा

हींग-अजवायन की छौंक में केवल हल्दी-दही भूनें। अरवी और नमक डालकर थोड़े पानी में खदकाएं। जब रसा रस जाए, तब उसमें एक-एक करके मसाले डालते जाएं। बाद में पुनः छौंक लगाएं। हरा धनिया और काला नमक छोड़ें।

अथवा

उबली या कच्ची अरवियों को घी/तेल में तलें। घी/तेल निचुड़ जाने दें। कड़ाही में अजवायन, लौंग और हींग (अजवायन इसकी जान है) की छौंक तैयार कर मसाला भूनकर उबली या तली अरवी को डालें। हल्दी-नमक डालें और भली-भांति मिलाकर उसमें अंदाज से गर्म पानी डालें। 10-12 मिनट तक खदकाएं, हरा धनिया और काला नमक डालकर उतारें (बाद में और छौंक दें, तो अच्छा रहेगा)।

अथवा

बड़ी, मोटी अरवी को ओवन/भट्ठी/अंगीठी/तंदूर में भुलभुला (भून) लें। छीलकर धो लें और उपर्युक्त किसी भी विधि से रसा तैयार करते हुए अरवी की सब्जी बना लें।

नोट : आप अरवी की सब्जी हरा धनिया व काला नमक के बिना भी बना सकती हैं। तब इसका स्वाद बिलकुल भिन्न होगा।

सामग्री :

अरवी	: 250 ग्राम
अजवायन	: आधा चम्मच
हल्दी	: आधा चम्मच
अमचूर	: आधा चम्मच
काला नमक	: चुटकीभर
धनिया	: 1 चम्मच
हरा धनिया	: 10 ग्राम
घी/तेल	: 50 ग्राम
लौंग	: 5
हींग	: मूंगदाना समान
प्याज	: इच्छानुसार
नमक	: स्वादानुसार

जिमीकंद

सामग्री :

जिमीकंद	*: 250 ग्राम*
हल्दी	*: आधा चम्मच*
गरम मसाला	*: आधा चम्मच*
घी/तेल	*: 50 ग्राम*
लाल मिर्च	*: आधा चम्मच*
धनिया	*: 1 चम्मच*
अमचूर	*: 1 चम्मच*
हींग	*: मूंगदाना समान*
हरा धनिया	*: 10 ग्राम*
जीरा	*: आधा चम्मच*
काला नमक	*: चुटकीभर*
प्याज	*: इच्छानुसार*
लहसुन	*: इच्छानुसार*
नमक	*: स्वादानुसार*

विधि : जिमीकंद छीलें, काटें और टुकड़ों को कुकर में 15-20 मिनट तक उबालें। निकालकर धोएं। कड़ाही में घी या तेल में लौंग-हींग की छौंक तैयार करें। जिमीकंद को नमक-हल्दी डालकर छौंक दें। जितना पतला बनाना चाहते हैं, उससे कुछ अधिक गर्म पानी डालें। 10-12 मिनट तक खदकाएं। फिर अमचूर सहित एक-एक करके मसाले डालें। ऊपर से गरम मसाला और हरा धनिया डालें। काला नमक छोड़ें और रसेदार जिमीकंद का स्वाद लें।

अथवा

छीलें/काटें/धोएं और कुछ अधिक चिकनाई तथा थोड़े पानी में नमक-हल्दी डालकर ढक दें। 20 मिनट तक गलने के बाद उसमें अंदाज से गर्म पानी मिलाएं। एक-एक करके मसाले छोड़ें। अजवायन-हींग की छौंक लगाएं।

अथवा

उक्त किसी भी प्रकार (उबले या कच्चे) टुकड़ों को घी/तेल में तलें। चिकनाई सूख जाने दें। कड़ाही में छौंक तैयार कर नमक-हल्दी के साथ उन टुकड़ों को मिला दें। अंदाज से गर्म पानी डालें, खदकाएं। मसाले मिलाएं और अंत में छौंक देकर गरम मसाला और हरा धनिया डालें।

नोट : आलू कचालू भी इसी प्रकार बनाए जाते हैं।

लौकी

सामग्री :

लौकी	: 250 ग्राम
हल्दी	: चौथाई चम्मच
हींग	: मूंगदाना समान
घी/तेल	: 50 ग्राम
लाल मिर्च	: आधा चम्मच
गरम मसाला	: आधा चम्मच
धनिया	: 1 चम्मच
हरी मिर्च	: 2
जीरा	: आधा चम्मच
काला नमक	: चुटकीभर
नीबू	: आधा
नमक	: स्वादानुसार
प्याज	: इच्छानुसार

विधि : लौकी के भीतर के बीजों और बीजों वाले भाग को निकाल दें। छीलें, काटें (गोल/लंबी), धोएं और छोटे मुंह वाले बर्तन में घी में हींग-जीरा या प्याज की छौंक डालकर मसाले भूनें। लौकी छौंक दें और नमक-हल्दी छोड़ें। थोड़ा पानी डालकर बर्तन के मुंह पर पानी भरा बर्तन रखकर ढक दें। 15-20 मिनट के बाद गल जाने पर कलछी से चला लें और फिर सूखा तथा हरा धनिया व काला नमक डालकर बाद में नीबू निचोड़कर लौकी का आनंद लें।

अथवा

छील-धोकर लौकी को कसकर उपर्युक्त विधि से सब्जी बनाएं (यदि भीतर बीज निकलें तो उन्हें छोड़ दें)।

अन्य विधि : लौकी कोमल व कच्ची, जिसके बीज पके न हों, देखकर लें। लौकी छीलकर बीच में से लंबाई में चार टुकड़े करें। फिर पतले-पतले टुकड़े काट लें। एक बड़ा चम्मच घी अथवा तेल में जीरा गुलाबी होने तक कुकर में भूनें। फिर धोई हुई लौकी डाल दें। नमक, मिर्च तथा हल्दी स्वादानुसार इतनी डालें कि हल्के मसालों की सब्जी तैयार हो। कटोरी भर पानी डालकर चला दें (अधिक पानी डालने की आवश्यकता नहीं, क्योंकि लौकी पानी छोड़ देती है) और कुकर बंद कर दें। एक सीटी आने पर गैस धीमी करें और 6-7 मिनट तक कुकर धीमी आंच पर ही रहने दें। फिर गैस बंद करें। थोड़ी देर बाद कुकर खोलकर चम्मच से लौकी को फोड़ें। जहां तक हो सके, उसे चम्मच से बारीक कर दें। अब अमचूर डालकर एक मिनट के लिए गैस पर रखें। चाहें, तो बारीक काटकर हरा धनिया भी डाल दें। बिना हरे धनिये की लौकी व धनिये वाली लौकी के स्वाद में फर्क होता है।

नोट : हल्के मसाले डालने से लौकी में हल्की-सी मिठास होती है, जो करारे परांठों व रोटी के साथ बहुत स्वादिष्ट लगती है।

तोरई

सामग्री :

तोरई	:	*500 ग्राम*
हरा धनिया	:	*10 ग्राम*
हींग	:	*मूंगदाना समान*
हल्दी	:	*चौथाई चम्मच*
घी / तेल	:	*50 ग्राम*
लाल मिर्च	:	*आधा चम्मच*
गरम मसाला	:	*आधा चम्मच*
धनिया	:	*1 चम्मच*
हरी मिर्च	:	*2*
जीरा	:	*आधा चम्मच*
काला नमक	:	*चुटकीभर*
नीबू	:	*आधा*
प्याज	:	*इच्छानुसार*
नमक	:	*स्वादानुसार*

विधि : तोरई छीलें, नोकें काटें। गोल-गोल काट लें। धोएं और छोटे मुंह वाले बर्तन में घी/तेल में हींग-जीरे में छौंक तैयार करें। नमक-हल्दी डालकर तोरई छौंक दें। ऊपर पानी भरा बर्तन रख दें। 15 मिनट बाद देखें तथा गलने पर थोड़ा और पानी बढ़ाएं। खदकाएं और मसाले छोड़ें। गरम मसाला, नीबू का रस तथा हरा धनिया मिलाकर उतारें।

मूली

सामग्री :

मूली	:	*250 ग्राम*
गरम मसाला	:	*आधा चम्मच*
हल्दी	:	*आधा चम्मच*
जीरा/अजवायन	:	*आधा चम्मच*
हींग	:	*मूंगदाना समान*
लाल मिर्च	:	*आधा चम्मच*
अमचूर	:	*1 चम्मच*
धनिया	:	*1 चम्मच*
हरा धनिया	:	*10 ग्राम*
घी / तेल	:	*20 ग्राम*
प्याज	:	*इच्छानुसार*
नमक	:	*स्वादानुसार*

पहली विधि : मूली का ऊपरी भाग चाकू से साफ करें। उसे गोल / लंबा काट लें। पत्ते अलग काट दें। धोएं और घी/तेल में हींग-जीरे में छौंक दें। कम पानी से ढकें। 15 मिनट बाद गलने पर पुनः इच्छानुसार पानी बढ़ाएं। सभी मसाले छोड़ें और ऊपर से गरम मसाला तथा हरा धनिया डालकर आग पर से उतार लें।

दूसरी विधि : मूली छीलकर गोल पतले टुकड़े काटें। बहुत अधिक पतले करने की आवश्यकता नहीं। फ्राइंगपैन में तेल / घी में हींग-जीरे की छौंक तैयार करें। उसमें मूली के गोल टुकड़े धोकर लगभग 1 गिलास पानी डाल दें। नमक, लाल मिर्च तथा हल्दी डालकर चला दें और ढक दें। उबाल आने पर आंच थोड़ी धीमी कर दें। 10 मिनट बाद देखें, मूली गल गई या नहीं। यदि गल गई हो, तो अमचूर व गरम मसाला डालें। फिर उतारकर मूली की सब्जी का स्वाद लें।

गाजर

विधि : गाजर को अच्छी तरह से धोकर गोल-गोल काटें, धोएं और छोटे मुंह वाले बर्तन में हींग-जीरे में छौंक दें। नमक-हल्दी छोड़ें तथा थोड़ा पानी अंदर डालकर और थोड़ा पानी ढकने वाले बर्तन में डालकर ढक दें। 20 मिनट बाद गलने पर इच्छानुसार रसा बनाएं। हरी मिर्च, अदरक व आधा हरा धनिया पीसकर डालें और सभी मिर्च-मसाले एक-एक करके डालें। गुड़/चीनी डालें। अमचूर मिलाएं। गरम मसाला, काला नमक तथा आधा हरा धनिया ऊपर से बुरक दें।

सामग्री :

गाजर	: *250 ग्राम*
हल्दी	: *आधा चम्मच*
जीरा	: *आधा चम्मच*
गरम मसाला	: *आधा चम्मच*
अमचूर	: *1 चम्मच*
धनिया	: *1 चम्मच*
हींग	: *मूंगदाना समान*
हरा धनिया	: *10 ग्राम*
गुड़/चीनी	: *20 ग्राम*
घी/तेल	: *20 ग्राम*
हरी मिर्च	: *4 अदरक*
अदरक	: *10 ग्राम*
प्याज	: *इच्छानुसार*
नमक	: *स्वादानुसार*

टमाटर

विधि : टमाटर धोकर काट लें। (बर्तन लोहे का न हो।) घी/तेल डालकर जीरा, हींग, नमक व हल्दी डालकर छौंक दें। थोड़ा पानी डालें और ढक दें। 10 मिनट बाद कलछी से भली-भांति मथकर रसा देखें। (यदि फांकों के रूप में रखना चाहें, तो मथें नहीं, बल्कि कलछी की नोक से चलाएं।) सभी मिर्च-मसाले डालें। गरम मसाला, हरा धनिया तथा काला नमक छोड़ें। ये रसेदार टमाटर सूप जैसा स्वाद देते हैं।

नोट : आप चाहें, तो 1 या 2 चम्मच चीनी डालकर मीठी सब्जी भी बना सकती हैं।

सामग्री :

टमाटर	: *250 ग्राम*
हल्दी	: *आधा चम्मच*
जीरा	: *आधा चम्मच*
गरम मसाला	: *आधा चम्मच*
धनिया	: *1 चम्मच*
लाल मिर्च	: *चौथाई चम्मच*
हरा धनिया	: *10 ग्राम*
हींग	: *मूंगदाना समान*
घी/तेल	: *20 ग्राम*
प्याज	: *इच्छानुसार*
नमक	: *स्वादानुसार*

पालक / मेथी / बथुआ

सामग्री :

पालक / मेथी / बथुआ	: *250 ग्राम*
हल्दी	: *आधा चम्मच*
नमक	: *स्वादानुसार*
लाल मिर्च	: *आधा चम्मच*
हरी मिर्च	: *1*
प्याज	: *इच्छानुसार*
धनिया	: *1 चम्मच*
हरा धनिया	: *10 ग्राम*
गरम मसाला	: *आधा चम्मच*
अमचूर	: *आधा चम्मच*
नीबू	: *आधा चम्मच*

विधि : किसी भी एक साग की पत्तियां डंडी से अलग कर बारीक काटें। दो बार धोएं। घी/तेल में एक हरी मिर्च काटकर छोड़ दें। जरा-सा नमक और जरा-सी हल्दी डालकर सभी मिर्च-मसाले (अमचूर के अलावा) एक-एक करके डालें। सभी को भली-भांति चलाएं और ढक दें। 15 मिनट बाद गलने पर अपनी इच्छानुसार रसा बनाने के लिए गर्म पानी बढ़ा दें। यदि प्याज डालना चाहें, तो छौंक के साथ ही कटा हुआ प्याज सुर्ख कर लें। गरम मसाला और अमचूर छोड़कर या नीबू निचोड़कर सूपनुमा रसेदार सब्जी का स्वाद लें।

रतालू

सामग्री :

रतालू	: *250 ग्राम*
हल्दी	: *आधा चम्मच*
जीरा	: *आधा चम्मच*
लौंग	: *8*
हींग	: *मूंगदाना समान*
धनिया	: *1 चम्मच*
हरा धनिया	: *10 ग्राम*
गरम मसाला	: *आधा चम्मच*
प्याज	: *इच्छानुसार*
अमचूर	: *1 चम्मच*
काला नमक	: *चुटकी भर*
दही	: *50 ग्राम*
नमक	: *स्वादानुसार*

विधि : रतालू छीलें, धोएं और लंबे या गोल काटें। लौंग-जीरा-हींग की छौंक तैयार कर उसमें सभी मसाले भूनें और रतालू छौंक दें। नमक-हल्दी डालें। थोड़ा पानी डालकर गलने दें। गल जाने पर थोड़ा पानी और डालें। दही, गरम मसाला और अमचूर डालें। 10 मिनट बाद हरा धनिया तथा काला नमक डालकर आंच से उतार लें। चाहें, तो छौंक में प्याज सुर्ख कर लें, तब छौंकें।

कचालू

विधि : कचालू छीलें, धोएं और लंबे या गोल काटें। लौंग-जीरा-हींग का छौंक तैयार कर उसमें सभी मसाले भूनें और रतालू छौंक दें। नमक-हल्दी डालें। थोड़ा पानी डालकर गलने दें। गल जाने पर अंदाज से पानी की मात्रा बढ़ाएं। दही, गरम मसाला और अमचूर डालें। 10 मिनट बाद हरा धनिया तथा काला नमक डालकर आंच से उतार लें। चाहें, तो छौंक में प्याज सुर्ख कर लें, तब छौंकें।

सामग्री :

कचालू	: *250 ग्राम*
हल्दी	: *आधा चम्मच*
जीरा	: *आधा चम्मच*
लौंग	: *8*
हींग	: *मूंगदाना समान*
धनिया	: *1 चम्मच*
हरा धनिया	: *10 ग्राम*
गरम मसाला	: *आधा चम्मच*
अमचूर	: *1 चम्मच*
काला नमक	: *चुटकीभर*
दही	: *50 ग्राम*
प्याज	: *इच्छानुसार*
नमक	: *स्वादानुसार*

फूलगोभी

विधि : डंठल काटकर कलियां अलग करें। कीड़े निकालकर सावधानी से धोएं। कड़ाही में घी/तेल के साथ लौंग-जीरा-हींग की छौंक तैयार करें। प्याज व लहसुन काटकर सुर्ख कर लें और अन्य मसालों को भी भूनकर फूलगोभी छौंक दें। नमक-हल्दी डालें। पानी डालें और ढक दें। 20 मिनट बाद गलने पर गरम मसाला, अमचूर, हरा धनिया व काला नमक छोड़ें और स्वाद लें।

सामग्री :

फूलगोभी	: *250 ग्राम*
हल्दी	: *आधा चम्मच*
गरम मसाला	: *आधा चम्मच*
धनिया	: *1 चम्मच*
हरा धनिया	: *10 ग्राम*
लाल मिर्च	: *आधा चम्मच*
अमचूर	: *आधा चम्मच*
हींग	: *मूंगदाना समान*
लहसुन	: *1 कली*
घी/तेल	: *50 ग्राम*
काला नमक	: *चुटकीभर*
लौंग	: *8*
जीरा	: *आधा चम्मच*
प्याज	: *इच्छानुसार*
नमक	: *स्वादानुसार*

टिंडे

सामग्री :

टिंडे	: 250 ग्राम
हींग	: मूंगदाना समान
जीरा	: आधा चम्मच
लाल मिर्च	: आधा चम्मच
धनिया	: 1 चम्मच
हरा धनिया	: 10 ग्राम
गरम मसाला	: आधा चम्मच
काला नमक	: चुटकीभर
घी / तेल	: 60 ग्राम
नींबू	: आधा
प्याज	: इच्छानुसार
हल्दी	: आधा चम्मच
नमक	: स्वादानुसार

विधि : सिरों को साफ कर छीलें, धोएं और आधे टिंडे छोटे फांकों में काटें, आधे साबुत रखें। कांटे से गोदें और बीच में से ऐसे चीरें कि दोनों सिरे मिले रहें। कड़ाही में घी / तेल में हींग-जीरे, प्याज की छौंक तैयार करें। उनके सुर्ख होने पर टिंडे छौंक दें। नमक-हल्दी डालें और पानी डालकर ढक दें। 20 मिनट बाद फांकों को दबाकर फोड़ दें। रसे में सभी मसाले एक-एक करके डालें और चलाते जाएं, ताकि उनका रसा धीरे-धीरे टिंडों में प्रवेश कर जाए। हरा धनिया और गरम मसाला डालें। थोड़ा काला नमक भी छोड़ें। चार बूंद नीबू का रस डालें और उतारकर रसीले टिंडों का स्वाद लें।

मशरूम-मटर

सामग्री :

मशरूम	: 250 ग्राम
मटर के दाने	: 100 ग्राम
टमाटर	: 100 ग्राम
नमक	: स्वादानुसार
लाल मिर्च	: तीन चौथाई चम्मच
हल्दी	: 1/2 चम्मच
धनिया	: 1/2 चम्मच
गरम मसाला	: 1/2 चम्मच
हींग	: मूंगदाना समान
जीरा	: आधा चम्मच
तेल	: 2 बड़े चम्मच

विधि : कुकर में तेल व हींग-जीरे की छौंक तैयार कर टमाटर का गूदा डालें और भूनें। अमचूर छोड़कर बाकी मसाले भी भूनें। भुन जाने पर मटर डालें व मशरूम चार टुकड़े करके डालें । 1 गिलास पानी डालकर सब्जी चलाकर कुकर बंद कर दें। 3 सीटी आ जाने पर गैस बंद करें। थोड़ी देर बाद कुकर खोलकर अमचूर डालें और गैस पर कुकर रखें। अच्छी तरह उबाल आने पर गैस बंद करें।

नोट : आप चाहें, तो प्याज का छौंक बनाकर भी मिला सकती हैं।

मटर

पहली विधि : प्याज के छोटे-छोटे टुकड़े तथा मसाले को छौंक में सुर्ख कर लें। मटर के दानों को धोएं। 1/3 भाग दानों को पीस लें। मटर के दानों को लौंग-हींग-जीरे में छौंक दें। नमक-हल्दी के साथ पिसे दानों को छौंक में भली-भांति मिलाकर ढक दें। इतना पानी डालें कि मटर के दाने उसमें डूब जाएं। 20 मिनट तक पकने के बाद गरम मसाला, अमचूर, हरा धनिया और काला नमक डालें तथा उतारकर मटर का स्वाद लें।

दूसरी विधि : सामान्य आकार के 2 टमाटर लेकर बारीक काटें। कुकर में घी में हींग-जीरे की छौंक लगाएं। फिर टमाटर डालकर अमचूर, गरम मसाला व अन्य मसाले डालें। थोड़ी देर चलाती रहें। टमाटर भुन जाने पर मटर के दाने व 1 गिलास पानी डालें। 3 सीटी आने पर गैस बंद करें। अमचूर व गरम मसाला डालकर इसे मेहमानों को खिलाएं व खुद खाएं।

नोट : तरी को अधिक गाढ़ा करने के लिए कसा हुआ प्याज अथवा नारियल बुरादा छौंक में मिलाएं।

सामग्री :

मटर के दाने	: *450 ग्राम*
हल्दी	: *आधा चम्मच*
लाल मिर्च	: *1 चम्मच*
धनिया	: *आधा चम्मच*
अमचूर	: *1 चम्मच*
गरम मसाला	: *आधा चम्मच*
हरा धनिया	: *15 ग्राम*
हींग	: *मूंगदाना समान*
लौंग	: *7*
जीरा	: *आधा चम्मच*
काला नमक	: *चुटकीभर*
घी / तेल	: *60 ग्राम*
प्याज	: *इच्छानुसार*
नमक	: *स्वादानुसार*

कमलककड़ी-आलू

सामग्री :

कमलककड़ी : 250 ग्राम
आलू : 1
नमक : आधा चम्मच
लाल मिर्च : आधा चम्मच
हल्दी : आधा चम्मच
गरम मसाला : आधा चम्मच
अमचूर : आधा चम्मच
तेल : 1 बड़ा चम्मच
हींग : चौथाई चम्मच
पिसा हुआ जीरा: 1 चम्मच
टमाटर : 100 ग्राम
प्याज : 2 (बड़ा)
मटर के दाने : 50 ग्राम

पहली विधि : कमलककड़ी छीलकर बारीक-बारीक काटें और पानी में डालकर 10 मिनट के लिए रख दें, ताकि छेदों में भरी मिट्टी भली प्रकार धुलकर निकल जाए। बाद में 3-4 बार साफ पानी से धोएं। आलू छीलकर लंबी फांके करें।

तेल में आधी हींग व जीरे की छौंक कुकर में तैयार करें। उसमें कमलककड़ी (भसींड़ा भी कहते हैं) व आलू डाल दें। साथ ही अमचूर छोड़कर बाकी मसाले डाल दें। एक गिलास भरकर (250 से 300 मि.लि.) पानी डाल दें और कुकर बंद करें।

एक सीटी आ जाने पर गैस धीमी कर दें। 10-12 मिनट तक धीमी आंच पर कुकर रहने दें, फिर गैस बंद करें। थोड़ी देर बाद कुकर खोलकर देखें। यदि कमलककड़ी गल गई है, तो चम्मच से आलू मथ दें और अमचूर डाल दें। पुनः गैस पर रखें। उतारकर आधा बचा हुआ छौंक सब्जी में ऊपर से डालें। आलू से सब्जी में गाढ़ापन आ जाएगा।

नोट : परोसते समय कटोरी में एक चम्मच दही मिलाकर खाएं, तो सब्जी अधिक स्वादिष्ट लगेगी।

दूसरी विधि : फ्राइंगपैन में घी/तेल में हींग-जीरे की छौंक लगाकर कसा हुआ प्याज डाल दें और प्याज को गुलाबी होने तक भूनें। फिर बारीक कटे टमाटर व मसाले डालकर भूनें। इस विधि से बनाने में तेल 2 से 3 चम्मच तक डालें व सूखा धनिया भी 1 चम्मच डालें। भुन जाने पर गैस बंद करें।

कुकर में कटी हुई कमलककड़ी, मटर के दाने, एक आलू व थोड़ा-सा पानी डालकर उबालें। उबल जाने पर टमाटर-प्याज वाले फ्राइंगपैन में आलू (मथकर) व कमलककड़ी डाल दें और गैस पर 8-10 मिनट तक उबलने दें। हल्का अमचूर भी डालें और कमल- ककड़ी का स्वाद लें।

शाही पनीर

आजकल पनीर की बनी सब्जियों का बहुत प्रचलन है। दावतों में व होटलों में शाही पनीर की सब्जी बहुत पसंद की जाती है। आप के मेहमानों के लिए यह विशिष्ट सब्जी बन सकती हैं।

विधि : सर्वप्रथम प्याज कस लें और टमाटर मिक्सी में पीस लें अथवा कद्दूकस से बारीक कर लें। अब फ्राइंगपैन/कड़ाही में तेल में हींग-जीरे की छौंक तैयार करें और प्याज भूनें। प्याज सुनहरा हो जाने पर नारियल का बुरादा डालकर भूनें। बुरादा भी गुलाबी हो जाने पर टमाटर डालें व अमचूर, गरम मसाला छोड़ बाकी मसाले डाल दें। जब सब चीजें भली-भांति भुन जाएं, तो लगभग एक गिलास पानी डाल दें। उबाल आने दें। पनीर के 2 इंच लंबे व 1/2 इंच चौड़े पतले-पतले टुकड़े करें। तरी थोड़ी गाढ़ी हो जाने पर अमचूर व गरम मसाला डालकर गैस बंद कर दें और तरी में कच्चे पनीर के टुकड़े डाल दें। परोसते समय ऊपर मलाई या क्रीम डालकर पेश करें।

नोट : आप चाहें, तो बिना प्याज व बिना नारियल बुरादे के भी शाही पनीर बना सकती हैं। तब टमाटर 250 ग्राम लें।

पनीर को मसलकर भी तरी में मिलाया जा सकता है। यदि घर का बना पनीर हो, तो मसला हुआ पनीर मिलाकर भी शाही पनीर बनाया जा सकता है।

सामग्री :

पनीर	: *250 ग्राम*
टमाटर	: *100 ग्राम*
नारियल का बुरादा	: *50 ग्राम*
नमक	: *आधा चम्मच*
लाल मिर्च	: *तीन चौथाई चम्मच*
गरम मसाला	: *आधा चम्मच*
हल्दी	: *आधा चम्मच*
हींग	: *मूंगदाना समान*
जीरा	: *1 छोटा चम्मच*
तेल	: *50 ग्राम*
अमचूर	: *1 चम्मच*
प्याज	: *4*
मलाई	: *2 बड़े चम्मच*

पालक-पनीर

सामग्री :

पालक	*: 500 ग्राम*
पनीर	*: 150 ग्राम*
टमाटर	*: 100 ग्राम*
नमक	*: 1 चम्मच*
लाल मिर्च	*: तीन चौथाई चम्मच*
हल्दी	*: 1/2 चम्मच*
गरम मसाला	*: 1/2 चम्मच*
हींग	*: चुटकीभर*
जीरा	*: 1 चम्मच*
बेसन	*: 2 बड़े चम्मच*
तेल	*: 30 ग्राम*
मक्खन	*: 2 बड़े चम्मच*

विधि : पालक के डंठल तोड़कर अच्छी प्राकर धोएं। फिर कुकर में उबलने के लिए रख दें। 1 सीटी आते ही गैस बंद करें। उबली पालक को मिक्सी में पीस लें।

अब तेल/घी में हींग-जीरे की छौंक लगाकर टमाटर (बारीक कटे) छोड़ें और मसाले डालकर भूनें। जब तेल टमाटरों से अलग होने लगे, तब पिसा हुआ पालक डाल दें। उबाल आने दें। बेसन को थोड़े-से पानी से पकौड़े की भांति घोलें और साग में डालें। खूब अच्छी प्रकार 10 मिनट तक उबाल आने दें। गैस धीमी रखें।

अब टाटरी डाल दें। पनीर पतले-पतले चौकोर टुकड़ों में काट लें। तरी तैयार होने पर चखकर देख लें कि आपके स्वादानुसार मसाले ठीक हैं या नहीं। इसमें पनीर के टुकड़े डाल दें।

परोसते समय गर्म पालक-पनीर में सफेद मक्खन ऊपर से डालकर मेहमानों को परोसें।

कोफ्ते

कोफ्ते अनेक प्रकार के और अति स्वादिष्ट बनते हैं। ये मूंग की दाल के छिलकों से लेकर बादाम, काजू, पिस्ता आदि तक से बनाए जाते हैं। यदि सिंहावलोकन करें, तो मोटे तौर पर निम्न प्रकार के कोफ्ते बन सकते हैं :

1. पत्तों वाली सब्जी से।
2. आलू तथा ऐसी ही जाति वाली सब्जियों (शकरकंदी, जिमीकंद, कचालू) से।
3. दही, पनीर, छेना, खोया आदि से।
4. मूंग दाल के छिलकों को पीसकर, चना दाल को भिगोकर, पीसकर, बेसन या मक्का आटा द्वारा।
5. लौकी, काशीफल आदि तरकारियों से।
6. पुदीना या हरे धनिये की पत्तियों से।
7. आम, संतरा, केला, नीबू या सेब से।
8. बादाम, काजू, पिस्ता, मखाना, अखरोट, आलूबुखारा आदि मेवों से।
9. मखाना या खसखस के चूर्ण से।
10. हरी मिर्च और अदरक, हरे धनिये के साथ।
11. सोंठ पानी, खट्टी चटनी या मीठी चटनी, सोंठ के साथ।

पत्तों वाली सब्जी के कोफ्ते

सामग्री :

पालक/हरे पत्ते वाली सब्जी		
आलू	:	*250 ग्राम*
हल्दी	:	*आधा चम्मच*
नमक	:	*स्वादानुसार*
लाल मिर्च	:	*आधा चम्मच*
धनिया	:	*1 चम्मच*
जीरा	:	*आधा चम्मच*
हींग	:	*मूंगदाना समान*
प्याज/लहसुन	:	*इच्छानुसार*
हरा धनिया	:	*10 ग्राम*
खाने वाला सोडा /बेकिंग पाउडर	:	*चुटकीभर*
अमचूर	:	*1 चम्मच*
काला नमक	:	*चौथाई चम्मच*
बेसन	:	*250 ग्राम*
दही	:	*50 ग्राम*
नींबू	:	*आधा*
घी/तेल	:	*100 ग्राम*
हरी मिर्च	:	*6*
अदरक	:	*10 ग्राम*

विधि : पालक डंडी से अलग करें, काटें, धोएं, उबालें और पीसें (यदि चाहें, तो पेस्ट को पुनः गर्म करें)। उसमें 4 हरी मिर्च, अदरक, हरा धनिया, नमक (दोनों), हींग, मिर्च, धनिया, गरम मसाला, खाने वाला सोडा आदि मिलाएं और बेसन के साथ मांड़कर घी/तेल में गोल या चौकोर कोफ्ते बनाकर तलें और थोड़ा मिश्रण बचाकर लगावन अर्थात् तरी के लिए रख लें। (इसी प्रकार मेथी, बथुआ, चोलाई, चने का साग व सरसों के साग का प्रयोग किया जा सकता है।) इन सभी प्रकार की पत्तियों को चाहें, तो कच्ची को डंडी से अलग कर काट-धोकर कच्चा ही बेसन/मक्की-आटा, मैदा, सूजी, बेसन आदि के साथ गूंधकर कोफ्ते बना सकते हैं, अन्यथा उक्त विधि से साग को पहले उबालकर बना लें।

उपर्युक्त लगावन के लिए बचाए हुए शेष मिश्रण को दही में घोल लें या और दो चम्मच बेसन लें तथा दही में घोल लें। कड़ाही के घी/तेल में हींग-जीरा या प्याज-लहसुन डालकर छौंक बनाएं। शेष हरी मिर्च, अदरक और थोड़ा धनिया पीसकर छौंक में भूनें और तब दही मिले बेसन के घोल को छौंक दें और भली- भांति चलाएं। नमक, हल्दी और बचे हुए मसाले आधे मिला दें और जितना गाढ़ा रखना हो, उससे अधिक पानी डालकर खदकने दें। लगभग आधे घंटा बाद जब वह गाढ़ा होने लगे, तब उसमें शेष मसाले, अमचूर, नीबू का रस आदि डालें। हरा धनिया, गरम मसाला तथा काला नमक डालें और कोफ्तों को छोड़ दें। 10 मिनट बाद उतारकर हरी पत्तियों के गुणों से संपन्न कोफ्तों का स्वाद लें।

कटलेट कोफ्ते

विधि : आलू और केलों को छिलकों सहित उबालें। छीलें, धोएं। दोनों को मिलाकर बेसन के साथ मथ लें। आधे मसाले मिलाएं। सलाई पर लंबाई में लपेटकर या हाथ से लंबे बनाकर घी / तेल में सुनहरे तलें। इच्छानुसार टुकड़े कर लें।

कड़ाही / पैन में घी/तेल में छौंक (हींग-जीरा या प्याज-लहसुन) तैयार कर हरी मिर्च, अदरक, हरा धनिया पेस्ट या टुकड़े (जैसे भी पसंद हों) भूनें और जैसे हरी पत्तियों के कोफ्ते के रसे में बताया गया है, वैसा रसा बनाकर छौंक दें। जब गाढ़ा होने लगे, तब तेल में तले कोफ्तों को डाल दें। शेष मसाले मिलाएं। काला नमक, नीबू का रस या अमचूर, गरम मसाला व हरा धनिया डालें। 10 मिनट तक खदकाने के बाद उतारकर गर्म-गर्म कोफ्तों का स्वाद लें।

सामग्री :

कच्चे केले	: *4*
आलू	: *250 ग्राम*
काला नमक	: *चौथाई चम्मच*
हल्दी	: *1 चम्मच*
गरम मसाला	: *1 चम्मच*
लाल मिर्च	: *1 चम्मच*
जीरा	: *आधा चम्मच*
हींग	: *मूंगदाना समान*
घी/तेल	: *200 ग्राम*
बेसन	: *25 ग्राम*
हरी मिर्च	: *4*
हरा धनिया	: *10 ग्राम*
अदरक	: *10 ग्राम*
नीबू/अमचूर	: *आधा/ आधा चम्मच*
प्याज / लहसुन	: *इच्छानुसार*
नमक	: *स्वादानुसार*

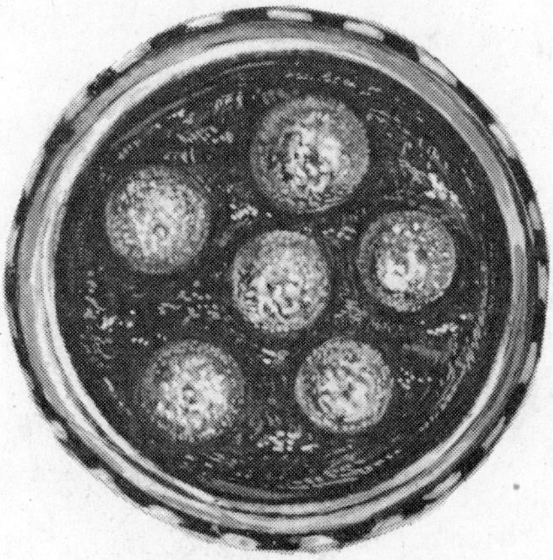

दाल कोफ्ते

सामग्री :

दाल	*: 250 ग्राम*
दही	*: 100 ग्राम*
खाने वाला सोडा या बेकिंग पाउडर	*: चुटकीभर*
हल्दी	*: आधा चम्मच*
काला नमक	*: चौथाई चम्मच*
धनिया	*: 1 चम्मच*
हरा धनिया	*: 10 ग्राम*
लाल मिर्च	*: आधा चम्मच*
नीबू/अमचूर	*: आधा/ आधा चम्मच*
घी /तेल	*: आवश्यकता के अनुसार*
नमक	*: स्वादानुसार*
अजवायन/ जीरा	*: चुटकीभर*
गरम मसाला	*: आधा चम्मच*

विधि : अरहर/मूंग/चना/उड़द दाल लें। 3-4 घंटे भिगो दें। धोएं, पीसें और भली-भांति फेंटकर (दाल के भीतर गोलाई में हाथ घुमाकर) बेकिंग पाउडर या खाने वाला सोडा, नमक, हींग, मिर्च, गरम मसाला, काला नमक, चुटकीभर अजवायन या जीरा मिलाएं। पानी भरे बर्तन में उस दाल की एक बूंदी तैराएं। यदि तैर जाए, तो दाल भली-भांति तैयार समझें। तेल में कोफ्ते अथवा पकौड़ियां बना लें। थोड़ी पिसी दाल बचाकर रखें। इस दाल को दही के साथ मिलाएं और कड़ाही में मसालों का आधा भाग डालकर भूनें तथा दाल-दही के घोल को छौंक दें। नमक-हल्दी डालें, चलाएं और 20 मिनट तक खदकने पर कोफ्तों को छोड़ें। शेष मसाले, काला नमक, अमचूर या नीबू का रस, गरम मसाला तथा हरा धनिया डालें। 10 मिनट बाद गर्मागर्म दाल कोफ्तों को उतारकर स्वाद लें।

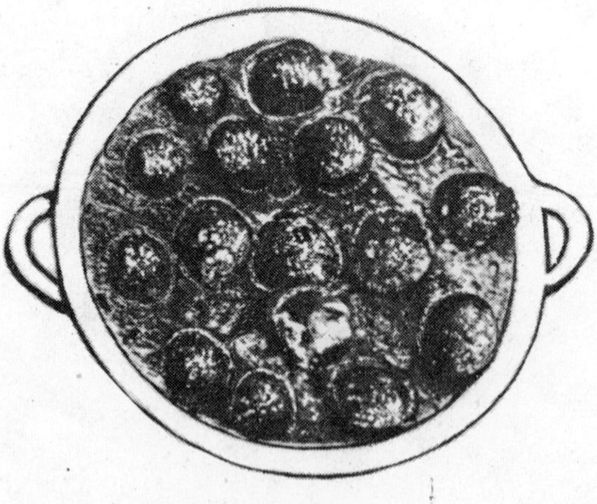

मेवा कोफ्ते

सामग्री :

मेवा	: 100 ग्राम
बेसन	: 250 ग्राम
हल्दी	: आधा चम्मच
लाल मिर्च	: आधा चम्मच
धनिया	: 1 चम्मच
हरा धनिया	: 10 ग्राम
गरम मसाला	: आधा चम्मच
अजवायन	: चुटकीभर
जीरा	: आधा चम्मच
हींग	: मूंगदाना समान
मट्ठा/दही	: 100 ग्राम
घी/तेल	: 200 ग्राम
काला नमक	: चुटकीभर
हरी मिर्च	: 2
अदरक	: 10 ग्राम
अनारदाना	: 10 ग्राम
बेकिंग पाउडर/ खाने वाला सोडा	: चुटकीभर
प्याज/लहसुन	: इच्छानुसार
नमक	: स्वादानुसार

विधि : बेसन में अजवायन, दोनों नमक (अंदाज से), आधे मिर्च-मसाले, चुटकीभर बेकिंग पाउडर या खाने वाला सोडा डालें। मट्ठा या पानी मिलाकर पकौड़ी बनाने जैसा बेसन घोल तैयार करें। उसमें आलूबुखारा / मुनक्का / किशमिश / मटर / मखाने साबूत डालें और घोल के साथ एक-एक, दो-दो लेकर कोफ्ते बनाने के लिए गर्म घी / तेल में डालें और सुनहरा तलकर उतार लें। थोड़ा बेसन बचाकर मोटा-कुटा अनारदाना और दही मिलाएं। पतला पेस्ट बनाएं और कड़ाही में घी / तेल में हींग-जीरे या प्याज-लहसुन, हरी मिर्च तथा अदरक (पेस्ट / टुकड़े) की छौंक लगाएं। नमक-हल्दी डालें, आधा मसाला डालें और चलाएं। अच्छी तरह खदकने पर शेष मसाले डालकर कोफ्तों को डाल दें। काला नमक, नीबू का रस / अमचूर, गरम मसाला तथा हरा धनिया डालें। 10 मिनट बाद उतारकर स्वाद लें।

नोट : पिसा नारियल (नारियल का बुरादा) घी में भूनकर व मसाले मिलाकर पानी डालकर कोफ्तों के लिए तरी बनाई जा सकती है। फिर उस तरी में कोई भी तैयार कोफ्ते डाले जा सकते हैं।

दाल-नारियल कोफ्ते

सामग्री :

दाल	: *250 ग्राम*
दही	: *100 ग्राम*
हल्दी	: *आधा चम्मच*
काला नमक	: *चौथाई चम्मच*
धनिया	: *1 चम्मच*
हरा धनिया	: *10 ग्राम*
लाल मिर्च	: *आधा चम्मच*
नारियल	: *150 ग्राम*
नीबू/अमचूर	: *आधा/ आधा चम्मच*
घी/तेल	: *आवश्यकता के अनुसार*
नमक	: *स्वादानुसार*

विधि : अरहर, चना, मूंग अथवा उड़द दाल में से कोई भी एक दाल लें और कम-से-कम 3-4 घंटे पानी में भिगोकर रखें। फिर मिक्सी में नारियल गिरी के साथ पीस लें। आप चाहें, तो नारियल बुरादा लेकर पिसी दाल में मिला सकती हैं। इस मिश्रण को फेंटकर आधे मसाले मिलाकर घी/तेल में कोफ्ते बनाएं। मिश्रण की थोड़ी मात्रा बचा लें। इसे मट्ठा और कटी मेथी पत्ती के साथ मिलाएं। घी में नमक-हल्दी डालकर छौंक दें। खदकने पर शेष मसाले, नीबू/अमचूर, काला नमक, गरम मसाला तथा हरा धनिया डालें। कोफ्ते डालें और 10 मिनट तक खदकाएं, फिर उतारकर परोसें और स्वाद लें।

दही कोफ्ते

सामग्री :

दही	: 500 ग्राम
हल्दी	: आधा चम्मच
लाल मिर्च	: आधा चम्मच
धनिया	: 1 चम्मच
अमचूर	: 1 चम्मच
हरा धनिया	: 10 ग्राम
हरी मिर्च	: 2
अदरक	: 10 ग्राम
घी /तेल	: 125 ग्राम
काला नमक	: चुटकीभर
जीरा	: आधा चम्मच
हींग	: मूंगदाना समान
नीबू/अमचूर	: आधा/आधा चम्मच
बेसन /मैदा / सूजी	: 250 ग्राम
नमक	: स्वादानुसार

विधि : दही को बांधकर / दबाकर पूरा पानी निकाल दें। बचे हुए दही के चक्के में आवश्यकतानुसार इतना बेसन / मैदा या मैदा-सूजी मिलाएं कि उनके गोल-गोल कोफ्ते बन सकें। आधे मसाले मिलाकर कोफ्ते बना लें। सुर्ख सेंककर रखें। (तेज आंच पर वे कच्चे रह सकते हैं और ऊपर से काले पड़ सकते हैं। अतः धीमी आंच पर पकाएं, वे बाहर से सुर्ख और भीतर से सिके होंगे।)

शेष घी /तेल में हींग-जीरे या प्याज-लहसुन की छौंक तैयार करें। हरी मिर्च, अदरक, हरा धनिया (पेस्ट या काटकर) डालें। भूनें और दही-बेसन या दाल पिसी या दालचूर्ण का पेस्ट /घोल डालकर नमक-हल्दी मिलाकर भली-भांति चलाएं। खदकाएं और शेष मसाले डालें। अमचूर /नीबू का रस तथा काला नमक डालें। कोफ्ते डालें। दस मिनट तक खदकाएं। गरम मसाला और हरा धनिया छोड़ें। 2 मिनट तक ढकें और फिर उतारकर स्वाद लें।

नोट : दही का पानी निकालने के लिए बारीक कपड़े में दही को डालकर व ऊपर से बांधकर थोड़ी देर के लिए लटका दें अथवा बड़ी बारीक छलनी में डालकर थोड़ी देर रख दें। पानी अपने-आप निचुड़ जाएगा।

नारियल कोफ्ते

सामग्री :

बड़ा नारियल	:	*आधा*
बेसन	:	*4 चम्मच*
हल्दी	:	*आधा चम्मच*
लाल मिर्च	:	*आधा चम्मच*
धनिया		*1 चम्मच*
हरा धनिया	:	*10 ग्राम*
गरम मसाला	:	*आधा चम्मच*
जीरा	:	*आधा चम्मच*
हींग	:	*मूंगदाना समान*
टमाटर	:	*250 ग्राम*
घी / तेल	:	*125 ग्राम*
काला नमक	:	*चुटकीभर*
नीबू / अमचूर	:	*आधा / आधा चम्मच*
प्याज / लहसुन	:	*इच्छानुसार*
नमक	:	*स्वादानुसार*

विधि : नारियल गिरी को पीसें। आवश्यक समझें तो उसमें बेसन मिलाएं। नमक तथा मसालों की आधी मात्रा डालें और घी / तेल में तलकर कोफ्ते बना लें। हींग-जीरे या प्याज-लहसुन की छौंक तैयार कर शेष मसालों के आधे मसाले डालकर मिला दें। कटे टमाटरों को डाल दें। 5-7 मिनट बाद इच्छानुसार गाढ़ा होने पर कोफ्तों को डालें। फिर शेष मसाले, अमचूर / नीबू का रस, गरम मसाला, काला नमक तथा हरा धनिया डालें। 10 मिनट बाद परोसें।

नोट : नारियल की गिरी पीसने के लिए कद्दूकस के गोल छेद वाले भाग से नारियल को कसें, नारियल का चूरा बन जाएगा। (चिप्स कटर में भी गोल छेद वाला भाग होता है।)

केला कोफ्ता

विधि : केले और आलुओं को उबालकर छीलें तथा अलग-अलग मथ लें। आधा हरा धनिया और अन्य मसाले हींग सहित पीसकर मथें। केले और बेसन के साथ मिलाकर मांड़ें। साथ ही नमक, चीनी और आधे नीबू का रस भी मिला दें। मिश्रण को कोफ्ते की शक्ल देकर घी/तेल में सुनहरा होने तक तलें और निकालें। बचे धनिये में से आधा धनिया, अदरक और हरी मिर्च को पीसें। कड़ाही में घी/तेल, हींग और जीरा डालकर पेस्ट को भूनें। शेष आधे मसाले डालकर भूनें। छिले, मथे आलुओं को इनमें मिलाकर 5 मिनट तक पकाएं। दही को भली-भांति फेंटकर आलुओं में मिलाएं। इच्छानुसार पानी डालें। जब एकरस हो जाएं, तब कोफ्ते डालें। शेष हरा धनिया, गरम मसाला, अमचूर या नीबू का रस डालें और काला नमक बुरककर केला कोफ्ता का स्वाद लें।

नोट : दही मिलाने के बाद पानी के स्थान पर टमाटर का रस भी डाल सकते हैं। यदि टमाटर का रस डालें, तो अमचूर न डालें।

सामग्री :

कच्चे केले	: *3*
हरा धनिया	: *15 ग्राम*
हल्दी	: *आधा चम्मच*
गरम मसाला	: *आधा चम्मच*
जीरा	: *आधा चम्मच*
हींग	: *मूंगदाना समान*
अमचूर	: *1 चम्मच*
धनिया	: *1 चम्मच*
चीनी	: *आधा चम्मच*
नीबू	: *आधा*
हरी मिर्च	: *2*
अदरक	: *10 ग्राम*
बेसन	: *3 चम्मच*
आलू	: *125 ग्राम*
घी /तेल	: *200 ग्राम*
काला नमक	: *चुटकीभर*
दही	: *100 ग्राम*
नमक	: *स्वादानुसार*

पनीर कोफ्ते

सामग्री :

पनीर	*: 250 ग्राम*
मैदा /बेसन	*: 100 ग्राम*
बेकिंग पाउडर	*: चुटकीभर*
हल्दी	*: आधा चम्मच*
जीरा	*: आधा चम्मच*
हींग	*: मूंगदाना समान*
धनिया	*: 1 चम्मच*
लाल मिर्च	*: आधा चम्मच*
हरा धनिया	*: 10 ग्राम*
नीबू/अमचूर	*: आधा/ आधा चम्मच*
घी /तेल	*: 125 ग्राम*
गरम मसाला	*: आधा चम्मच*
काला नमक	*: चुटकीभर*
नमक	*: स्वादानुसार*
टमाटर का रस	*: 250 ग्राम*

विधि : पनीर, मैदा, बेकिंग पाउडर, नमक और आधे मिर्च-मसाले डालकर भली-भांति गूंधें और गोलियां बनाकर घी /तेल में कोफ्ते सुखा लें। एक टमाटर उबालकर चलनी से छानकर घोल तैयार करें। घी में शेष मसाले भूनें और उसमें टमाटर का रस (चाहें, तो थोड़ी क्रीम भी) छौंक दें। नमक-हल्दी डालें और खदकने पर कोफ्ते डाल दें। काला नमक, नीबू रस /अमचूर, गरम मसाला और हरा धनिया छोड़ें और 10 मिनट बाद उतारकर स्वाद लें।

नोट : आप चाहें, तो उबले व मसले आलू भी पनीर के मिश्रण में मिला सकती हैं।

विशेष: मैदा को पनीर में मिलाने के स्थान पर मैदा का गाढ़ा घोल बनाकर रखें। पनीर में मसाले, अदरक व हरा धनिया मिलाकर गोलियां बनाएं और मैदा के गाढ़े घोल में डुबाकर तलें। मांसाहारी लोग मैदा के घोल में अंडा भी मिला सकते हैं। नए स्वाद के स्वादिष्ट कोफ्ते बनेंगे।

दाल के भरवां कोफ्ते

विधि : धुली दाल को दो घंटे तक भिगोकर बारीक पीसें (सिल और मिक्सी में पीसने का स्वाद अलग-अलग होता है)। आधे-आधे नमक-मसाले मिलाएं। यदि मटर के दाने भरने हों, तो मटर के दाने डालें, अन्यथा काजू, चिरौंजी, बादाम या पिस्ते भरने हों, तो उनके टुकड़े उसमें डालें। खूब फेंटें और घी/तेल में कोफ्ते बनाएं।

बाकी बचे मटर पीसें। घी में तलें। दही मिलाएं और टमाटर का रस तथा पानी डालें। इसको हींग-जीरे या प्याज-लहसुन, हरी मिर्च, अदरक, हरे धनिये (पेस्ट/टुकड़े) की छौंक में घी या तेल में छौंक दें। भली-भांति खदकाएं। आवश्यकतानुसार गाढ़ा होने पर मसालों सहित काला नमक, नीबू का रस/अमचूर, गरम मसाला और हरा धनिया डालें। कोफ्ते छोड़ें। 10 मिनट बाद जब रसा पीकर कोफ्ते फूल जाएं, तब उतारकर उनका स्वाद लें।

सामग्री :

मूंग दाल	: *250 ग्राम*
हल्दी	: *आधा चम्मच*
दही	: *50 ग्राम*
धनिया	: *1 चम्मच*
गरम मसाला	: *आधा चम्मच*
काला नमक	: *चुटकीभर*
हरी मिर्च	: *2*
अदरक	: *10 ग्राम*
घी/तेल	: *150 ग्राम*
हरा धनिया	: *10 ग्राम*
टमाटर का रस	: *100 ग्राम*
नीबू/अमचूर	: *आधा/ आधा चम्मच*
नमक	: *स्वादानुसार*
मटर	: *100 ग्राम*
सूखे मेवे	: *50 ग्राम*

पालक-चना-दाल कोफ्ते

सामग्री :

पालक	:	500 ग्राम
चना दाल	:	250 ग्राम
काला नमक	:	चौथाई चम्मच
हल्दी	:	1 चम्मच
गरम मसाला	:	1 चम्मच
धनिया	:	1 चम्मच
लाल मिर्च	:	1 चम्मच
नीबू/अमचूर	:	आधा/1 चम्मच
जीरा	:	आधा चम्मच
हींग	:	मूंगदाना समान
घी/तेल	:	200 ग्राम
बेसन	:	25 ग्राम
हरी मिर्च	:	4
अदरक	:	10 ग्राम
प्याज/लहसुन	:	इच्छानुसार
नमक	:	स्वादानुसार

विधि : दाल को लगभग दो घंटे तक भिगोने के बाद, आग पर थोड़े पानी में इतना गलाएं कि वह ज्यादा मुलायम न हो। काट-धोकर आधा पालक मिलाएं और सूखा होने तक पकाएं। दोनों को साथ-साथ मथें या पीसें। कड़ाही में घी/तेल गर्म करके छौंक (हींग-जीरा या प्याज-लहसुन, हरी मिर्च और अदरक) तैयार करें। उक्त मिश्रण को सुनहरा होने तक भूनें, थोड़ा मिश्रण अलग रख दें। शेष में मसालों की आधी मात्रा मिला दें। उसके कोफ्ते घी/तेल में तलें या कटलेट बना लें और उन्हें इच्छानुसार लंबाई/गोलाई में काटकर कोफ्ते बनाएं।

बचे मिश्रण को दही/पालक का रस/टमाटर का रस या नारियल दुग्ध/पानी के साथ मिलाकर दुबारा तैयार की हुई छौंक में डालकर 15-20 मिनट तक उबालें। भली-भांति खदकने पर शेष मसाले भी डाल दें। अमचूर या नीबू का रस, काला नमक, गरम मसाला तथा हरा धनिया डालें और कोफ्ते छोड़ दें। 10 मिनट तक खदकने के बाद उतारकर स्वाद लें।

मटर-पनीर और शाही कोफ्ता

कमलककड़ी

राजसी कोफ्ता

केशरी राजसी पनीर-कोफ्ते

विधि : आधा पनीर लेकर उसमें बेसन व चुटकीभर बेकिंग पाउडर मिलाकर आटे की भांति गूंधकर गोलियां बनाएं। धीमी आंच पर तलें।

बाकी पनीर घी में भूनकर निकालकर रख लें। घी/तेल में छौंक तैयार कर उसमें टमाटर का रस, केशर तथा अन्य मसाले डालकर थोड़ी देर उबाल आने दें। अब उसमें भुना हुआ पनीर डालकर मिलाएं और उबाल आने पर गैस बंद करें। परोसते वक्त पनीर कोफ्ते तरी में डाल दें।

नोट : आप चाहें, तो किसी भी विधि से बनाए कोफ्ते इस पनीर-टमाटर की तरी में डाल सकती हैं।

सामग्री :

पिस्ता	: *50 ग्राम*
मखाना	: *20 ग्राम*
काजू	: *50 ग्राम*
किशमिश	: *50 ग्राम*
चिरौंजी	: *20 ग्राम*
मट्ठा	: *200 ग्राम*
पनीर	: *250 ग्राम*
मैदा/बेसन	: *100 ग्राम*
हल्दी	: *आधा चम्मच*
दही	: *50 ग्राम*
नमक	: *स्वादानुसार*
धनिया	: *1 चम्मच*
गरम मसाला	: *आधा चम्मच*
नीबू/अमचूर	: *आधा/1 चम्मच*
काला नमक	: *चुटकीभर*
हरी मिर्च	: *2*
अदरक	: *10 ग्राम*
घी/तेल	: *150 ग्राम*
हरा धनिया	: *10 ग्राम*
टमाटर का रस	: *100 ग्राम*

राजसी कोफ्ते

सामग्री :

पिस्ता	: *50 ग्राम*
मखाना	: *20 ग्राम*
काजू	: *50 ग्राम*
किशमिश	: *50 ग्राम*
चिरौंजी	: *20 ग्राम*
दही / मट्ठा	: *200 ग्राम*
मूंग धुली दाल	: *250 ग्राम*
भरने की वस्तु	: *100 ग्राम*
हल्दी	: *आधा चम्मच*
दही	: *50 ग्राम*
पिसा धनिया	: *1 चम्मच*
गरम मसाला	: *आधा चम्मच*
नीबू/अमचूर	: *आधा/1 चम्मच*
काला नमक	: *चुटकीभर*
हरी मिर्च	: *2*
अदरक	: *10 ग्राम*
घी / तेल	: *150 ग्राम*
हरा धनिया	: *10 ग्राम*
टमाटर का रस	: *100 ग्राम*
नमक	: *स्वादानुसार*

विधि : राजसी कोफ्ते में तरी एक विशेष प्रकार से मेवों का प्रयोग करके बनाई जाती है। उसमें आप कोई भी कोफ्ते डाल सकती हैं। पनीर के, दाल के (सादे या भरवां) अथवा नारियल के – कोई भी कोफ्ते आप पिछले पृष्ठों में दी गई विधि से बना लें। फिर सूखे मेवों का प्रयोग करते हुए निम्न विधि से तरी तैयार करें।

पिस्ता पीसें। घी में तलें। मट्ठा / दही से रसा बनाएं। पानी डालें और मखाना चूर्ण से गाढ़ा कर खदकाएं। तब कोफ्ते डालें। सभी मसाले डालने के बाद काजू के टुकड़े और साफ की हुई किशमिश-चिरौंजी को घी में तलकर डालें। हरा धनिया काटकर बुरकें और पांच मिनट तक खदकाएं। फिर उतारकर राजसी कोफ्ते का स्वाद लें।

मखाना कोफ्ते

विधि : आधे मखानों को कुरमुरे कर बारीक पीसें। शेष को घी में तलकर काली मिर्च और काला नमक बुरककर रखें। मखाने-चूर्ण में इतना मैदा मिलाएं कि गोलियां बना सकें। उसमें नमक और सभी मसाले आधे डालकर मिलाएं और कसा हुआ अदरक (काफी मात्रा में) भर-भरकर घी/तेल में कोफ्ते बना लें।

पीसे हुए मटर और खसखस घी में भूनकर उनमें दही डालें और पानी डालकर पेस्ट बना लें। इस मिश्रण को घी या तेल में हींग-जीरे में छौंक दें। नमक-हल्दी डालकर शेष मसाले डालें और भली-भांति खदकाएं। काला नमक, हरा धनिया, गरम मसाला तथा नीबू का रस डालकर कोफ्ते डाल दें और तले हुए नमकीन कुरमुरे मखाने डालें। उतारकर गर्मगर्म मखाने के कोफ्तों का स्वाद लें।

सामग्री :

मखाने	: *100 ग्राम*
घी	: *125 ग्राम*
मैदा	: *25 ग्राम*
हल्दी	: *आधा चम्मच*
गरम मसाला	: *आधा चम्मच*
धनिया	: *1 चम्मच*
हरा धनिया	: *10 ग्राम*
लाल मिर्च	: *आधा चम्मच*
नीबू	: *आधा*
जीरा	: *आधा चम्मच*
हींग	: *मूंगदाना समान*
अदरक	: *20 ग्राम*
काला नमक	: *चुटकीभर*
मटर के दाने	: *50 ग्राम*
खसखस	: *10 ग्राम*
दही	: *450 ग्राम*
नमक	: *स्वादानुसार*

काशीफल / लौकी कोफ्ते

सामग्री :

काशीफल	
लौकी	*: 250 ग्राम*
हल्दी	*: आधा चम्मच*
धनिया	*: 1 चम्मच*
हरा धनिया	*: 10 ग्राम*
जीरा	*: आधा चम्मच*
हींग	*: मूंगदाना समान*
मट्ठा	*: 100 ग्राम*
लाल मिर्च	*: आधा चम्मच*
काला नमक	*: चुटकीभर*
गरम मसाला	*: आधा चम्मच*
बेसन	*: 100 ग्राम*
घी / तेल	*: 125 ग्राम*
नीबू / अमचूर	*: आधा/1 चम्मच*
दही	*: 25 ग्राम*
नमक	*: स्वादानुसार*

विधि : काशीफल / लौकी को छीलें, कद्दूकस पर कसें और धोएं। बेसन और आधे मिर्च-मसालों के साथ मिश्रण बनाएं। उसके कोफ्तों को कड़ाही में घी / तेल में सुनहरे तलकर रख लें। शेष बेसन दही / मट्ठा में मिलाएं। घोल बनाकर कड़ाही में घी / तेल में मसाले और नमक-हल्दी डालकर छौंकें और लगातार चलाते रहें। अच्छी तरह खदकने पर नीबू का रस / अमचूर, काला नमक, गरम मसाला तथा हरा धनिया काटकर डालें और कोफ्ते छोड़ दें। 10 मिनट में जब कोफ्तों में रसा समा जाए, तब उतारकर गर्मागर्म परोसें।

नोट : इसी प्रकार आलू, शकरकंदी, रतालू, जिमीकंद आदि को भी कसकर या पतले-पतले, गोल-गोल काटकर बेसन लपेटकर कोफ्ते बना लें।

विशेष: आप लौकी के कोफ्ते की तरी दही-बेसन के स्थान पर यदि टमाटर से बनाएं, तो भिन्न स्वाद के कोफ्ते तैयार होंगे। इसके लिए हींग-जीरे व प्याज (इच्छानुसार) की छौंक बनाकर उसमें बारीक कटे टमाटर भून लेते हैं। फिर पानी डालकर कोफ्ते की तरी/ रसा बनाते हैं।

हरे धनिये के कोफ्ते

सामग्री :

पालक	*: 250 ग्राम*
हरा धनिया	*: 200 ग्राम*
मूंगदाल	*: 100 ग्राम*
घी /तेल	*: 150 ग्राम*
हरी मिर्च	*: 2*
अदरक	*: 10 ग्राम*
जीरा	*: आधा चम्मच*
हींग	*: मूंगदाना समान*
हल्दी	*: आधा चम्मच*
धनिया	*: 1 चम्मच*
लाल मिर्च	*: आधा चम्मच*
दही	*: 50 ग्राम*
अमचूर	*: 1 चम्मच*
गरम मसाला	*: आधा चम्मच*
काला नमक	*: चुटकीभर*
मक्खन	*: 50 ग्राम*
पुदीना	*: 10 ग्राम*
खाने वाला सोडा	*: चुटकीभर*
नमक	*: स्वादानुसार*

विधि : पालक को डंठल से अलग कर उबालें और पानी निचुड़ जाने पर पीस लें। हरे धनिये को डंठलों से अलग कर छोटा-छोटा काटें। पालक को भीगी पिसी मूंग दाल के साथ मिलाएं। तीन-चौथाई कटा हरा धनिया उसमें मिला दें। सभी मसाले आधे-आधे डाल दें। नमक, हींग तथा खाने वाला सोडा डालें और सबको भली-भांति मिलाएं। इस मिश्रण के गोल अथवा लंबे आकार के कोफ्ते घी में तल लें। शेष धनिया, पुदीना, हरी मिर्च तथा अदरक को नीबू के रस के साथ पीसकर पेस्ट बना लें।

कड़ाही में घी/तेल डालकर हींग-जीरे की छौंक तैयार करें और मसाले भूनें। उसमें दही और पानी मिलाकर छौंक दें। नमक-हल्दी छोड़कर खदकने दें । लगभग 20 मिनट के बाद तीन-चौथाई कोफ्तों को साबुत डालें और शेष को छोटे-छोटे टुकड़े करके डालें। लगभग 15 मिनट तक खदकने दें। अमचूर और काला नमक डालें। जब छोटे टुकड़े उस रसे में घुलकर उसको गाढ़ा बना रहे हों, तब मक्खन डालकर उतार लें। पांच मिनट बाद धनिये, पुदीने, हरी मिर्च और अदरक की चटनी (पेस्ट) को भली-भांति मिलाकर हरे धनिये के कोफ्तों का स्वाद लें।

नोट : चाहें, तो आधी पुदीना पत्तियों को अंत में साबुत डालें। इससे बड़ी अच्छी गंध आती है।

मूंग दाल-छिलकों के कोफ्ते

सामग्री :

दाल छिलका	*: 250 ग्राम*
हरी मिर्च	*: 2*
अदरक	*: 10 ग्राम*
हरा धनिया	*: 10 ग्राम*
नमक	*: स्वादानुसार*
काला नमक	*: आधा चम्मच*
धनिया	*: 1 चम्मच*
लाल मिर्च	*: आधा चम्मच*
नीबू /अमचूर	*: आधा/1 चम्मच*
जीरा	*: आधा चम्मच*
हींग	*: मूंगदाना समान*
गरम मसाला	*: आधा चम्मच*
दही	*: 50 ग्राम*
हल्दी	*: आधा चम्मच*
घी /तेल	*: 200 ग्राम*

विधि : मूंग की छिलकों वाली दाल को 2-3 घंटे तक पानी में भिगोएं। दाल और छिलके अलग करें। छिलकों और उनके आधे भाग दाल – दोनों को पानी में से निकालकर बारीक पीसें। कटी हरी मिर्च, कसा हुआ अदरक, आधा कटा हरा धनिया तथा आधे मिर्च-मसाले डालकर उसे भली-भांति फेंटें। बची दाल के आधे दाने डालें और मिलाकर कोफ्ते बना लें।

शेष दाल को पीसें । दही में मिलाकर घोल बना लें। उसे हींग-जीरे में छौंककर नमक-हल्दी डालें। पानी बढ़ाएं और भली-भांति खदकाएं। शेष मसाले, नीबू का रस, अमचूर, गरम मसाला तथा हरा धनिया डालें। कोफ्तों को छोड़ें और 10 मिनट बाद कोफ्तों का स्वाद लें।

पत्तागोभी कोफ्ते

विधि : आधा हरा धनिया, हरी मिर्च और अदरक पीस लें। पत्तागोभी के पत्तों को बारीक-बारीक काटें। भली भांति दबाकर पानी निकालें और बेसन तथा आधे मसालों (नमक सहित) के साथ मांड़ लें। इच्छानुसार आकार के कोफ्ते बनाकर सुनहरे तलकर रख लें। दही में थोड़ा पानी मिलाकर भली-भांति फेंटें। कड़ाही में घी/तेल में हींग-जीरे की छौंक तैयार करें और नमक व हल्दी डालकर छिले, धुले, मथे आलुओं को डालकर भूनें तथा फेंटा हुआ दही डाल दें। जब सब अच्छी तरह मिल जाएं, तब कोफ्ते डालें। गरम मसाला, काला नमक, नीबू का रस एवं हरा धनिया डालें और उतारकर स्वाद लें।

नोट : दही के बजाय टमाटर या टमाटर के रस का प्रयोग किया जा सकता है।

विशेष : पत्तागोभी को बारीक काटने के लिए कद्दूकस अथवा चिप्स कटर का प्रयोग करें। यदि मोटी पत्तागोभी होगी, तो सही आकार के कोफ्ते नहीं बनेंगे।

सामग्री :

पत्तागोभी	: 250 ग्राम
आलू	: 250 ग्राम
दही	: 100 ग्राम
नीबू	: आधा
जीरा	: आधा चम्मच
लाल मिर्च	: आधा चम्मच
गरम मसाला	: आधा चम्मच
हल्दी	: आधा चम्मच
हरी मिर्च	: 2
अदरक	: 10 ग्राम
बेसन	: 3 चम्मच
हींग	: मूंगदाना समान
काला नमक	: चुटकीभर
घी/तेल	: 150 ग्राम
हरा धनिया	: 10 ग्राम
नमक	: स्वादानुसार

फूलगोभी कोफ्ते

सामग्री :

फूलगोभी	: *250 ग्राम*
बेसन	: *125 ग्राम*
हल्दी	: *आधा चम्मच*
धनिया	: *1 चम्मच*
जीरा	: *आधा चम्मच*
हींग	: *मूंगदाना समान*
गरम मसाला	: *आधा चम्मच*
खसखस	: *20 ग्राम*
मट्ठा	: *100 ग्राम*
नीबू/अमचूर	: *आधा/1 चम्मच*
काला नमक	: *चुटकीभर*
घी/तेल	: *150 ग्राम*
अदरक	: *10 ग्राम*
हरी मिर्च	: *4*
दही	: *25 ग्राम*
नमक	: *स्वादानुसार*

विधि : गोभी के पत्ते काटें। साबुत फूल के ऊपरी भाग को कद्दूकस पर कसें। धोएं तथा बेसन और मसाला मिलाएं। घी / तेल में कोफ्ते बना लें। कड़ाही में घी /तेल डालकर हींग-जीरा या प्याज-लहसुन, हरी मिर्च, अदरक तथा हरा धनिया (पेस्ट या टुकड़े) की छौंक तैयार करें। पिसी खसखस के पानी के पेस्ट को उसमें डालें और गाढ़ा / पतला करने के लिए पानी, दही, मट्ठा या टमाटर का रस तथा नमक-हल्दी डालें, चलाएं और खदकने दें। शेष मसाले, नीबू / अमचूर, काला नमक, गरम मसाला तथा हरा धनिया डालें और कोफ्ते छोड़ दें। 10 मिनट रसा पीकर जब कोफ्ते फूल जाएं, तब उनका स्वाद लें।

नोट : उक्त रसे में काशीफल / लौकी / आलू आदि के कोफ्ते भी स्वादिष्ट बनते हैं।

अदरक के कोफ्ते

सामग्री :

अदरक	*: 125 ग्राम*
दही	*: 80 ग्राम*
हल्दी	*: आधा चम्मच*
जीरा	*: आधा चम्मच*
धनिया	*: 1 चम्मच*
गरम मसाला	*: 1 चम्मच*
हींग	*: मूंगदाना समान*
हरा धनिया	*: 5 ग्राम*
घी	*: 125 ग्राम*
काला नमक	*: चुटकीभर*
टमाटर	*: 100 ग्राम*
मैदा	*: 200 ग्राम*
अमचूर / नीबू	*: आधा चम्मच/ आधा*
खाने वाला सोडा	*: चुटकीभर*

विधि : तीन भाग अदरक को छील-धोकंर रस निकालें। मैदा को इस रस से मांड़ें आवश्यक समझें , तो मट्ठा /दही डालकर उसके गोले बनाने लायक घोल तैयार करें। खाने वाला सोडा, नमक, जीरा तथा साबुत हींग डालें । शेष अदरक को छील-धोकर टुकड़ों में करके बेलन से दबा-दबाकर चौड़ा कर लें। घी में सुर्ख कर लें। उन पर थोड़ा नमक बुरकें। उन टुकड़ों को उक्त घोल में डालें और एक-एक, दो-दो टुकड़ों को लेकर गोले /कोफ्ते बना लें।

कोफ्ते का रसा :

घी में हींग-जीरे की छौंक तैयार करें। आधा मसाला भूनें। टमाटर काटें और 5 मिनट तक गलने पर दही डालें तथा इच्छानुसार गाढ़ा या पतला रखने लायक पानी डालें। 15 मिनट तक खदकने के बाद कोफ्तों को डालें। 10 मिनट तक खदकाएं। बीच में काला नमक, गरम मसाला, हरा धनिया, अमचूर या नीबू का रस डालें और अदरक के कोफ्तों का स्वाद लें।

नोट : चाहें, तो पौन भाग अदरक को कसकर बेसन के घोल में कोफ्ते बनाएं। आंशिक बचे बेसन और चौथाई भाग पीसे अदरक से छौंककर रसा बनाएं तथा उसमें खीरा या ककड़ी के 20 ग्राम बीज को गीले पीसकर, पेस्ट बनाकर, रसे में छौंक के समय मिलाएं। कहीं-कहीं अदरक के कोफ्ते के लिए रसा कोरी (बिना धुली-पुँछी हांडी) में बनाते हैं। उसकी खास गंध से रसे में सोंधाहट आती है।

कटहली-कोफ्ता

सामग्री :

कटहल	: 250 ग्राम
टमाटर	: 125 ग्राम
बेसन	: 3 चम्मच
जीरा	: आधा चम्मच
हींग	: मूंगदाना समान
हल्दी	: आधा चम्मच
काला नमक	: चुटकीभर
लाल मिर्च	: आधा चम्मच
धनिया	: 1 चम्मच
हरा धनिया	: 15 ग्राम
हरी मिर्च	: 2
अदरक	: 10 ग्राम
गरम मसाला	: आधा चम्मच
घी / तेल	: 150 ग्राम
तेजपत्ता	: 3-4
नीबू	: आधा
नमक	: स्वादानुसार

विधि : कटहल को छीलें, काटें, उबालें, पीसें और मसालों की आधी मात्रा (नमक सहित) मिलाएं। बेसन के साथ पिसा हुआ कटहल अच्छी तरह मांड़कर कोफ्ते बनाएं और घी या तेल में सुनहरा तल लें। आधा हरा धनिया, हरी मिर्च और अदरक को पीसें। उनको तेजपत्ते के साथ हींग-जीरे की छौंक में डालें और भूनें। इच्छानुसार पानी डालें। शेष मसाले (गरम मसाले के अलावा) डाल दें और 10-12 मिनट तक खदकाएं। उसके बाद कोफ्ते डाल दें और काला नमक, गरम मसाला तथा हरा धनिया बुरक दें। ऊपर से नीबू निचोड़ दें।

कमलककड़ी के कोफ्ते

सामग्री :

कमलककड़ी	: *250 ग्राम*
बेसन	: *125 ग्राम*
नमक	: *स्वादानुसार*
लाल मिर्च	: *1 चम्मच*
हल्दी	: *आधा चम्मच*
गरम मसाला	: *आधा चम्मच*
धनिया	: *1 चम्मच*
टमाटर	: *75 ग्राम*
प्याज	: *3*
हरा धनिया	: *1 गुच्छी*
अदरक	: *1 इंच*
लहसुन	: *इच्छानुसार*
तेल	: *150 ग्राम*

विधि : कमलककड़ी को छीलकर इसके 5-6 टुकड़े करें, ताकि इसके भीतर की मिट्टी भली-भांति निकल जाए। यदि लंबाई में काटेंगी, तो मिट्टी आसानी से साफ होगी। अब सिल पर अथवा मिक्सी में इस कमलककड़ी को पीस लें।

बेसन को कड़ाही में थोड़ा-सा तेल या घी डालकर भून लें। थोड़ा ठंडा होने पर इसमें पिसी हुई कमलककड़ी, नमक, मिर्च, धनिया, कटा धनिया व गरम मसाला (सभी मसालों की आधी मात्रा) मिला लें और गुलाबजामुन के आकर की गोलियां बनाकर धीमी आंच पर तलें।

अदरक, लहसुन, प्याज व बाकी मसालों को एक साथ मिलाकर पीसें। धनिया बारीक काटकर रख लें। अब कड़ाही में 2 चम्मच तेल छोड़कर बाकी तेल निकाल लें। उसमें प्याज व मसालों का मिश्रण भूनें। फिर टमाटर को बारीक काटकर डाल दें। रसे के लिए लगभग 1 गिलास पानी डाल दें। यदि आपको खट्टी सब्जियां पसंद हों, तो आधा चम्मच अमचूर भी डालें। हरा धनिया व गरम मसाला डाल दें। फिर कमलककड़ी के कोफ्तों का स्वाद लें।

मलाई कोफ्ता

सामग्री :

पनीर	*: 150 ग्राम*
आलू	*: 2*
टमाटर	*: 250 ग्राम*
ब्रेड स्लाइस	*: 2*
नमक	*: स्वादानुसार*
धनिया	*: 1 बड़ा चम्मच*
लाल मिर्च	*: आधा चम्मच*
गरम मसाला	*: आधा चम्मच*
हल्दी	*: आधा चम्मच*
अमचूर	*: आधा चम्मच*
हींग	*: चुटकीभर*
जीरा	*: 1 छोटा चम्मच*
तेल	*: 150 ग्राम*
देसी घी	*: 1 बड़ा चम्मच*
दूध की गाढ़ी	
मलाई	*: आधी कटोरी*
प्याज	*: 3*

आजकल मलाई कोफ्ते का बहुत प्रचलन हो गया है। हर दावत, पार्टी, होटल तथा रेस्टोरेन्ट में मेनू में मलाई कोफ्ता अवश्य होता है। इसे बनाने की विधि यहां दी जा रही है।

विधि : यदि प्याज डालना हो, तो प्याज कस लें। आलू उबालकर मथ लें। कच्चे दूध को नीबू से फाड़कर पनीर तैयार करें। (घर का पनीर ज्यादा स्वादिष्ट होता है, अन्यथा बाजार से ले लें।) टमाटर कद्दूकस में अथवा मिक्सी में बारीक पीस लें।

अब मसला हुआ पानी रहित पनीर लेकर उसमें मथे हुए आलू मिलाएं। ब्रेड स्लाइस पानी में डुबोकर तुरंत निकाल लें। इन्हें निचोड़कर पनीर में मिलाएं। इस मिश्रण में थोड़ा-सा नमक व लाल मिर्च मिलाएं। फिर उसको लंबा आकार लेते हुए कोफ्ते बनाकर रख लें। धीमी आंच पर तेल में सुनहरा होने तक तलें।

कड़ाही/फ्राइंगपैन में देसी घी में हींग-जीरे की छौंक लगाकर प्याज भूनें। फिर टमाटर डालें। यदि प्याज न डालना चाहें, तो टमाटर डाल दें। उसे कलछी से हिलाती रहें। यदि प्याज भी डाल रही हों, तो 2 चम्मच तेल और डाल लें।

मिश्रण के भुन जाने पर अमचूर व गरम मसाला छोड़ सभी मसाले डालें। इसमें 1 गिलास पानी डाल दें। अच्छी तरह उबाल आने पर अमचूर व गरम मसाला डालकर गैस बंद कर दें।

परोसते समय तरी को पुनः हल्का गर्म करें (तेज गर्म न हो)। अब एक कोफ्ते को हाथ में लेकर मलाई की कटोरी में डालकर चारों ओर मलाई लपेट लें। फिर तरी में छोड़ दें। इस प्रकार सभी कोफ्ते एक-एक करके मलाई लपेटकर तरी में डालें। कोफ्ते तैयार हैं, मेहमानों के सामने परोसें।

दिलरुबा कोफ्ता

सामग्री :

पनीर	: 250 ग्राम
आलू	: 150 ग्राम
कॉर्न फ्लोर या बेसन	: 2 बड़े चम्मच
खोया	: 50 ग्राम
काजू व किशमिश	: 25 ग्राम
क्रीम	: 50 ग्राम
दही	: 150 ग्राम
प्याज	: 250 ग्राम
अदरक	: 1 छोटा टुकड़ा
हरा धनिया	: 25 ग्राम
सूखा धनिया	: 1 बड़ा चम्मच
नमक	: स्वादानुसार
कश्मीरी मिर्च	: आधा चम्मच
हल्दी	: आधा चम्मच
गरम मसाला	: आधा चम्मच
अमचूर	: आधा चम्मच
घी / तेल	: 150 ग्राम

विधि : आलू उबालकर व छीलकर अच्छी प्रकार से मसल लीजिए। अब उसमें पनीर भी अच्छी तरह मसलकर मिला दें। दोनों को अच्छी तरह मिलाकर कॉर्न फ्लोर या बेसन मिला दें। इससे मिश्रण पतला नहीं होगा। अब इसमें नमक, थोड़ी-सी लाल मिर्च व हरा धनिया बारीक काटकर मिला दें।

किशमिश, काजू, (चाहें, तो भून लें) व खोये को अच्छी प्रकार मसलें। अब पनीर-आलू मिश्रण की गोलियां बनाएं। खोये का मिश्रण भी बीच में भर दें। इन गोलियों (कोफ्तों) को धीमी आंच पर सुनहरा होने तक तलें।

ग्रेवी : प्याज बारीक-बारीक काट लें। घी / तेल में धीमी आंच पर भूनें। गुलाबी हो जाने पर मसाले डालकर भूनें। फिर दही को छानकर इसमें डालें और उबाल आने दें। अच्छी प्रकार एक हो जाने पर आंच से उतारकर इस पर क्रीम डाल दें।

परोसते समय अपने डोंगे में पहले कोफ्ता डालें। ऊपर से ग्रेवी डालें।

पपीते के कोफ्ते

सामग्री :

पपीता (हरा)	:	*250 ग्राम*
आलू	:	*250 ग्राम*
बेसन	:	*100 ग्राम*
अदरक	:	*1 छोटा टुकड़ा*
हरी मिर्च	:	*1 या 2*
हरा धनिया	:	*25 ग्राम*
लाल मिर्च	:	*आधा चम्मच*
नमक	:	*स्वादानुसार*

ग्रेवी के लिए सामग्री :

प्याज	:	*2*
टमाटर	:	*100 ग्राम*
नमक	:	*स्वादानुसार*
लाल मिर्च	:	*स्वादानुसार*
गरम मसाला	:	*स्वादानुसार*
अमचूर	:	*स्वादानुसार*
तेल	:	*1 बड़ा चम्मच*

विधि : पपीते व आलू को छीलकर कद्दूकस कर लें। एक भगौने में पानी उबालकर उसमें कसा हुआ पपीता व आलू 5 मिनट के लिए डालें। फिर निकालकर हल्के हाथ से निचोड़ें व कटा हुआ अदरक, हरी मिर्च, हरा धनिया, नमक, लाल मिर्च व बेसन मिलाएं। अच्छी तरह मसलकर सब चीजें एक कर लें। फिर गोलियों को लंबाकार देते हुए तल लें।

घी में प्याज व टमाटर भूनें। उसमें अमचूर छोड़कर सभी मसाले डालकर भून लें। फिर 250 मि.लि. पानी डालकर उबालें। उबल जाने पर अमचूर डालकर कोफ्ते डाल दें। 5 मिनट बाद कोफ्ते उतारकर स्वाद लें।

वेजीटेबल कोफ्ते

सामग्री :

गोभी	*: 100 ग्राम*
गाजर	*: 100 ग्राम*
मटर के दाने	*: 100 ग्राम*
आलू	*: 100 ग्राम*
बंदगोभी	*: 100 ग्राम*
बेसन	*: 2 बड़े चम्मच*
नमक	*: स्वादानुसार*
लाल मिर्च	*: आधा चम्मच*
गरम मसाला	*: चौथाई चम्मच*
घी / तेल	*: 20 ग्राम*

ग्रेवी के लिए सामग्री :

प्याज	*: इच्छानुसार*
टमाटर	*: 200 ग्राम*
नमक	*: स्वादानुसार*
कश्मीरी मिर्च	*: आधा चम्मच*
हल्दी	*: आधा चम्मच*
धनिया	*: 1 चम्मच*
गरम मसाला	*: चौथाई चम्मच*
हींग (पीसी हुई)	*: चुटकीभर*
जीरा	*: आधा चम्मच*
अमचूर	*: 1 चम्मच या स्वादानुसार*
काजू व मखाने	*: 50 ग्राम*
तेल / घी	*: 2 बड़े चम्मच*

विधि : गोभी, गाजर, मटर, बंदगोभी व आलू को उबालें। फिर अच्छी तरह सब सब्जियों को मिलाकर मथ लें। उनमें बेसन व मसाला डालकर अच्छी तरह मिलाएं। कोफ्ते बनाने के लिए गोल या लंबाकार गोलियां बनाएं। आकार लगभग गुलाबजामुन के बराबर हो। इन लंबाकार कोफ्तों को तेल में तल लें।

ग्रेवी की विधि : घी / तेल से फ्राइंगपैन में हींग व जीरे की छौंक तैयार करें। फिर मिक्सी या कद्दूकस से बारीक किए टमाटर डालें। चलाते रहें, ताकि किनारों से टमाटर जल न जाएं। यदि प्याज डालना हो, तो पहले प्याज, फिर टमाटर भूनें। अब लाल मिर्च, धनिया व हल्दी डालकर भूनें। अच्छी तरह भुन जाने पर पानी डाल दें। गैस धीमी कर दें। दूसरी गैस पर एक चम्मच घी लेकर काजू व मखाने हल्के गुलाबी होने तक भून लें। ग्रेवी में अच्छी तरह उबाल आने पर अमचूर व गरम मसाला डाल दें। फिर काजू व मखाने डाल दें। तरी तैयार है। दो मिनट बाद कोफ्ते तरी में डाल दें। पुनः उबाल आ जाने पर कोफ्ते उतार लें। यदि एक बड़ा चम्मच मलाई भी डाल दें, तो कोफ्ते में रौनक आ जाएगी।

नोट : यदि कोफ्ते कुछ नरम बने हों और टूटने की आशंका हो, तो कोफ्ते तरी में परोसते समय ही डालने चाहिए। पहले तरी उबालनी नहीं चाहिए। सभी प्रकार के कोफ्ते बनाते समय यह बात ध्यान में रखनी चाहिए।

माप-तोल (Measure)

1 चाय चम्मच	1 tsp	5-6 ग्राम	5-6 g.
1 टेबल चम्मच	1 tbsp	15 ग्राम	15 g.
4 टेबल चम्मच	4 tbsp	60 ग्राम	60 g.
		1/4 प्याला	1/4 cup
1 प्याला	1 cup	1/4 लिटर	1/4 lit.
4 प्याले	4 cups	1 लिटर	1 lit.
2 प्याले मक्खन	Butter 2 cups	455 ग्राम	455 g.
1 प्याला मक्खन	Butter 1 cup	227 ग्राम	227 g.
कोको 4 प्याले	Cocoa 4 cups	455 ग्राम	455 g.
पनीर 2 प्याले	Cattage cheese 2 cups	455 ग्राम	455 g.
आटा 4 प्याले	Flour 4 cups	455 ग्राम	455 g.
चीनी 2 प्याले	Sugar 2 cups	455 ग्राम	455 g.
धनिया (कटा) 1 प्याला	Coriander (chopped) 1 cup	60 ग्राम	60 g.
हरे मटर 1 प्याला	Green peas (shelled) 1 cup	160 ग्राम	160 g.
आलू (कटे) 1 प्याला	Potato (Cubes) 1 cup	150 ग्राम	150 g.
टमाटर (कटे) 1 प्याला	Tomatoes (chopped) 1 cup	220 ग्राम	220 g.
सभी दालें 1 प्याला	All dals 1 cup	200 ग्राम	200 g.
चावल/सूजी 1 प्याला	Rice/Semolina 1 cup	200 ग्राम	200 g.
आटा 1 प्याला	Wheat flour 1 cup	120 ग्राम	120 g.
मकई-आटा 1 प्याला	Corn flour 1 cup	80 ग्राम	80 g.
बेसन 1 प्याला	Gram flour 1 cup	150 ग्राम	150 g.
घिसा पनीर 1 प्याला	Grated cheese 1 cup	110 ग्राम	110 g.
क्रीम 1 प्याला	Cream 1 cup	240 मिलि	240 ml.
दूध 1 प्याला	Milk 1 cup	240 मिलि	240 ml.
दही 1 प्याला	Curd 1 cup	225 ग्राम	225 g.
बंधा दही 1 प्याला	Hanged yoghurt 1 cup	260 ग्राम	260 ml
देसी घी/मक्खन 1 प्याला	Desi ghee/butter 1 cup	225 ग्राम	225 g.
मूंगफली तेल 1 प्याला	Groundnut oil 1 cup	220 मिलि	220 ml.

CATALOGUE 2014
PUSTAK MAHAL®
J-3/16, Daryaganj, New Delhi-110002
Ph.: 23276539, 23272783-84, Fax: 011-23260518
FREE Tutorial CD
रैपिडेक्स इंगलिश ग्रामर कोर्स
₹ 195/-
Big Size 18.5 x 24 cm
Pages over 392 0004 R
FREE Tutorial CD
रैपिडेक्स सैल्फ लैटर ड्राफ्टिंग कोर्स
₹ 195/-
Big Size 18.5 x 24 cm
Pages 368 0008 R
FREE Tutorial CD
रैपिडेक्स इंगलिश सैंटेन्स फ्रेमिंग कोर्स
₹ 195/-
Big Size 18.5 x 24 cm
Pages over 368 0007 R
FREE Tutorial DVD
रैपिडेक्स इंगलिश लर्नर
₹ 180/-
Big Size 18.5 x 24 cm
Pages 384 0001 R
Rapidex ENGLISH for Competitive Exams
₹ 195/-
Big Size 18.5 x 24 cm
Pages 360
0011 R
Rapidex Book of COMMON ERRORS in ENGLISH
62 exercises
₹ 160/-
Big Size 18.5 x 24 cm
Pages 256
0010 R
FREE Tutorial DVD
Rapidex SELF LETTER DRAFTING COURSE
₹ 195/-
Big Size 18.5 x 24 cm
Pages 368
FREE Tutorial DVD
Rapidex English Writing Course
₹ 195/-
Big Size 18.5 x 24 cm
Pages 384 0002 R
Rapidex WORD FINDER
₹ 165/-
Big Size 18.5 x 24 cm
Pages 264 9694 J
FREE Tutorial CD
Rapidex Office Secretary Course
₹ 295/-
Big Size 18.5 x 24 cm
Pages 352 1234 S
With a CD for learning correct pronounciation of English and other language
Big Size 250 Pages & above in each
160/- each
हिन्दी-तमिल लर्निंग कोर्स
A 14-Volume series teaching 6 Regional Languages through Hindi & vice versa
1232 A - Assamese-Hindi
1233 B - Hindi-Assamese
1215 S - Hindi-Tamil
1217 S - Hindi-Telugu
1218 S - Hindi-Bangla
1219 S - Hindi-Gujarati
1216 S - Hindi Kannada
1236 A - Malayalam-Arabic
1221 S - Tamil-Hindi
1223 S - Telugu-Hindi
1224 S - Bangla-Hindi
1225 S - Gujarati-Hindi
1222 S - Kannada-Hindi
1128 B - Hindi-Arabic
1220 S - Malayalam-Hindi
1214 S - Hindi-Malayalam
Rapidex Home Tailoring Course
₹ 195/-
Big Size 18.5 x 24 cm
Pages 232 0009 R
Rapidex Dictionary of Phrases English-Hindi
₹ 155/-
9742 C
Size 13.5 x 19.5 cm
Pages 464
Rapidex English to English & Hindi DICTIONARY
₹ 175/-
0003 R
Size 14 x 21.5 cm
Pages 584
Rapidex ENRICH YOUR WORD POWER
₹ 155/-
FREE Tutorial CD
9661 M
Size 13.5 x 19.5 cm
Pages 576
Pages 252-256 in each
Rapidex Dictionary of Spoken Words
6611 G - English – Hindi
1133 A - English – Bangla
1132 D - English – Tamil
1134 B - English – Kannada
1136 D - English – Telugu
1137 A - English – Gujarati
1135 C - English – Malayalam
98/- each
-Hindi, English-Tamil, English-Kannada
-Telugu, English-Urdu, English-Assamese
-Bangla, English-Odia, English-Malayalam
-Marathi, English-Gujarati
PICTURE DICTIONARY
All in Colour
Over 1200 entries with coloured pictures
English-Hindi, English- Marathi
English-Odia, English-Kannada
English-Tamil, English-Telugu
English-Nepali, English-Assamese
English-Bangla
अंग्रेजी के 10000 से अधिक शब्द
हर शब्द के अनेक अर्थ
अर्थानुसार प्रयोग
Compact Edition
Rapidex English-Hindi Compact Dictionary
₹ 62/- each
Compact Size 10.2x12.7 cm
Pages 384 in each
English-Hindi, English-Marathi,
English-Odia, English-Kannada,
English-Tamil, English-Telugu,
English-Nepali, English-Bangla
English to Punjabi & Hindi,
English-Assamese
Rapidex English-Hindi Dictionary
₹ 155/- each
Size 13.5x19.5 cm
Pages 576 in each
Rapidex CHILDREN'S Dictionary
More than 650 Pictures All in COLOUR
₹ 165/-
6607 L
Buy online at our website or at Leading Bookshops from:
PUSTAK MAHAL®
Delhi • Mumbai • Patna • Bengaluru
J-3/16, Daryaganj (Opposite Happy School), New Delhi -110002
Fax: 23260518 email: info@pustakmahal.com Website: www.pustakmahal.com
Buy from online Shopping Portals paying CASH ON DELIVERY at your doorstep
flipkart
snapdeal
amazon.in
uRead.com
Authors/Writers are invited to submit their manuscripts through our website.

POPULAR SCIENCE

9496 A • Rs. 120/-

2215 S • ₹ 150/- Available in Hindi also.

2214 S • ₹ 150/- Available in Hindi also.

- Over 900 Illustrati
- Over 800 Pages
- 890 Articles
- Four Volumes

FREE Buy all 4 Vols. & get 5th Volume free with an Audio-Video DVD worth ₹ 135/-

Set Code: 4514 S

Set 4 Vols.: ₹ 78

Each Vol.: ₹ 19

Available in Hindi & English both

8716 T • ₹ 160/-

HC009 • ₹ 620/-

HC008 • ₹ 399/-

HC005 • ₹ 540/-

This Library is must for every student of a School or a College

Also equally useful for everyone else

Price: ₹ 600/-

Contains 4 books of ₹ 150/- each

4 Books of the Library

₹ 150/- Page 256 (with CD) English Conversation

₹ 150/- Page 310 Grammar & Punctuation

₹ 150/- Page 316 How to use English

₹ 150/- Page 3 English Voca

8702 B • ₹ 150/-

6678 D • ₹ 195/-

6679 A • ₹ 150/-

9660 K • ₹ 250/-

QUIZ BOOKS

8965 D • ₹ 150/-

7726 K • ₹ 100/-

7727 L • ₹ 100/-

7723 F • ₹ 100/-

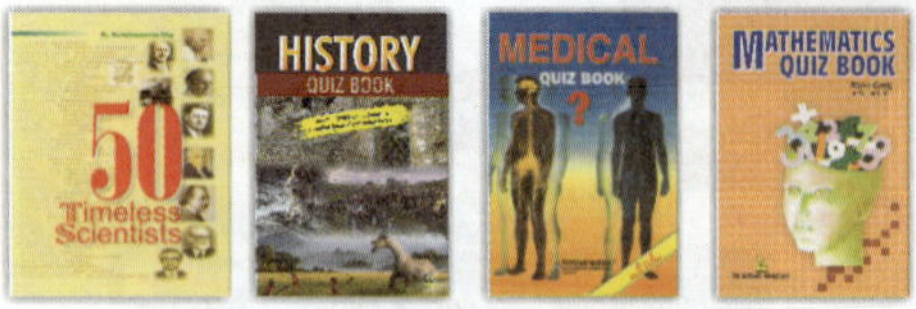

9412 C • ₹ 120/-

7753 G • ₹ 100/-

7725 B • ₹ 100/-

7722 E • ₹ 100/-

GENERAL BOOKS

9532 D • ₹ 250/- HB

8526 B • ₹ 125/-

8712 M • ₹ 150/-

8711 K • ₹

9821 K • ₹ 175/-

9699 T • ₹ 100/-

9767 B • ₹ 150/-

5114 B • ₹

4175 A • ₹ 195/-

9459 H • ₹ 1000/- (HB)

9041 A • ₹ 195/-

4022 D • ₹

SELF-IMPROVEMENT

New

3 R • ₹ 195/- 9498 C • ₹ 180/- 9490 H • ₹ 175/- 9464 R • ₹ 80/- 9096 B • ₹ 120/- 5614 E • ₹ 150/- 4008 J • ₹ 120/- 9026 D • ₹ 120/- 9786 M • ₹ 195/-

1 J • ₹ 100/- 8885 D • ₹ 80/- 9081 D • ₹ 150/- 9091 B • ₹ 120/- 9060 B • ₹ 120/- 9684 F • ₹ 195/- 8928 D • ₹ 80/- 9449 A • ₹ 195/- 9788 R • ₹ 195/-

MANAGEMENT/JOB/CARRIER/BUSINESS & PROFESSION

All Time Bestsellers

461 K • ₹ 135/- 5338 A • ₹ 135/- with CD 8979 A • ₹ 120/- 9406 B • ₹ 150/- 5441 D • ₹ 195/- 8883 D • ₹ 120/- 9672 G • ₹ 150/- 9682 D • ₹ 120/-

New

9697 P • ₹ 195/- 9313 D • ₹ 150/- 5623 B • ₹ 195/- 9439 L • ₹ 150/- 4005 E • ₹ 150/- 5643 B • ₹ 120/- 9431 C • ₹ 175/- 8990 C • ₹ 96/-

018 D • ₹ 150/- 9079 B • ₹ 195/- 5618 D • ₹ 120/- 5640 C • ₹ 120/- 5615 D • ₹ 150/- 8972 C • ₹ 80/- 4001 A • ₹ 150/- 5646 A • ₹ 225/- 4017 D • ₹ 120/-

PERSONALITY DEVELOPMENT

9670 E • ₹ 240/- 9678 R • ₹ 195/- 9450 B • ₹ 195/- 9487 E • ₹ 150/- 9466 T • ₹ 96/- 5639 B • ₹ 80/- 5641 A • ₹ 150/- 9088 C • ₹

9667 B • ₹ 150/- 9666 A • ₹ 150/- 9696 M • ₹ 220/- 9973 B • ₹ 110/- 9981 B • ₹ 96/- 8868 D • ₹ 120/- 8966 E • ₹ 100/- 9070 B • ₹ 175/- 9028 D • ₹ 1

STUDENT DEVELOPMENT

9090 A • ₹ 195/- 9668 C • ₹ 150/- 9071 D • ₹ 140/- 9455 C • ₹ 150/- 5622 A • ₹ 108/- 9967 C • ₹ 120/- 2241 J • ₹ 100/- 94441 S • ₹ 195/-9654 D • ₹ 1

9652 D • ₹ 120/- 8962 A • ₹ 100/- 9089 D • ₹ 135/- 4016 D • ₹ 140/- 4009 K • ₹ 110/- 8997 B • ₹ 120/- 4010 L • ₹ 100/- 9787 P • ₹ 100/- 2244 D • ₹ 8

SAYING/QUOTATIONS/PROVERBS

9474 F • ₹ 170/- 9789 A • ₹ 150/- 9953 A • ₹ 100/- 8947 E • ₹ 100/- 8999 D • ₹ 80/- 5512 A • ₹ 150/- 8963 B • ₹ 80/- 8890 D • ₹ 150/- 9925 A • ₹ 60

ALTERNATIVE THERAPIES

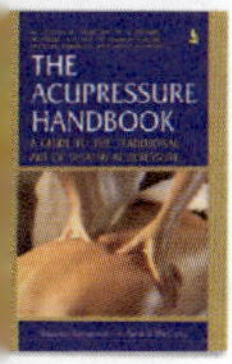

8882 F • ₹ 180/-

8983 E • ₹ 100/-

8836 D • ₹ 135/-

9935 F • ₹ 120/-

637 D • ₹ 96/-

8889 D • ₹ 80/-

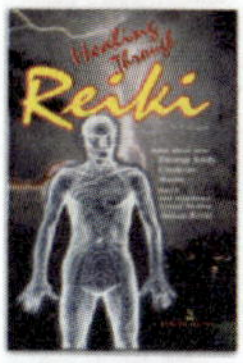

8842 D • ₹ 100/-

8941 A • ₹ 80/-

COMMON AILMENTS & DISEASES

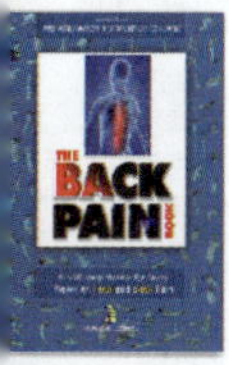

3891 D • ₹ 120/-

8281 A • ₹ 100/-

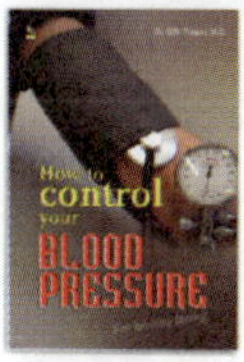

8094 D • ₹ 120/-

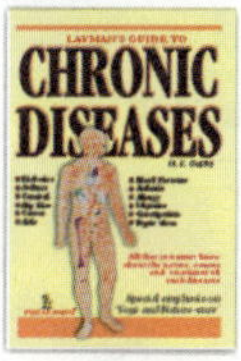

8848 D • ₹ 96/-

8276 A • ₹ **96**/-

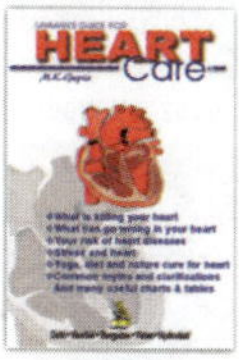

8888 D • ₹ 96/-

8908 D • ₹ 120/-

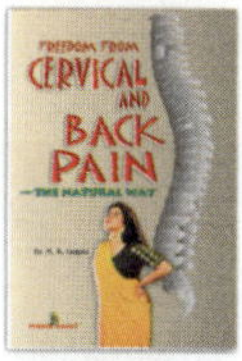

8878 B • ₹ 80/-

GENERAL HEALTH

9075 C • ₹ 225/-

8877 A • ₹ 120/-

9940 D • ₹ 150/-

8859 G • ₹ 80/-

9038 A • ₹ 68/-

8847 M • ₹ 100/-

8870 D • ₹ 100/-

9950 B • ₹ 120/-

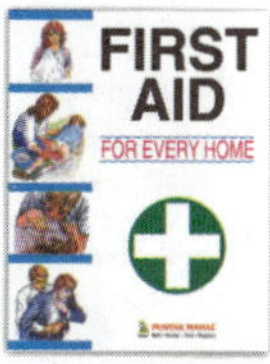

9902 F • ₹ 120/- H

SLIMMING & FITNESS

8277 B • ₹ 120/-

8875 K • ₹ 120/-

9445 A • ₹ 150/-

DIET & NUTRITION

9941 D • ₹ **100**/-

8904 D • ₹ 100/-

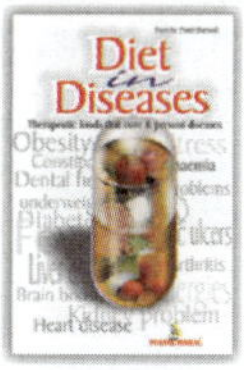

8985 B • ₹ 96/-

8968 G • ₹ **96**/-

8271 C • ₹ 96/-

9037 D • ₹ **150**/-

New

9873 C • ₹ 60/- 9770 E • ₹ 150/- 9799 D • ₹ 160/- 9453 A • ₹ 195/- 4179 A • ₹ 295/- (HB) 4128 D • ₹ 295/- (HB) 4181 C • ₹ 195/-

4177 B • ₹ 195/- 9997 C • ₹ 80/- 4182 D • ₹ 96/- 9984 E • ₹ 399/- (HB) 4130 B • ₹ 120/- 4183 A • ₹ 350/- (HB) 4151 A • ₹ 399/- (HB

9811 P • ₹ 120/- 9585 A • ₹ 96/- 9405 A • ₹ 195/- 9989 D • ₹ 96/- 9508 D • ₹ 95/- 4134 B • ₹ 80/- 4188 A • ₹ 160/-

9504 D • ₹ 100/- 4133 A • ₹ 60/- 9513 A • ₹ 195/- 4126 B • ₹ 96/- 9812 R • ₹ 120/- 4152 B • ₹ 96/- 4407 C • ₹ 195/-

9504 D • ₹ 100/- 4124 A • ₹ 120/- 9513 A • ₹ 175/- 9520 D • ₹ 120/- 9987 E • ₹ 150/- 8898 D • ₹ 80/- 4190 C • ₹ 160/-

9509 A • ₹ 150/- 9510 B • ₹ 120/- 9525 A • ₹ 150/- 9540 D • ₹ 150/- 9542 B • ₹ 150/- 9514 B • ₹ 60/- 4132 D • ₹ 100/- 9069 A • ₹ 80/-

ASTROLOGY/VASTU/HYPNOTISM/PAMISTRY

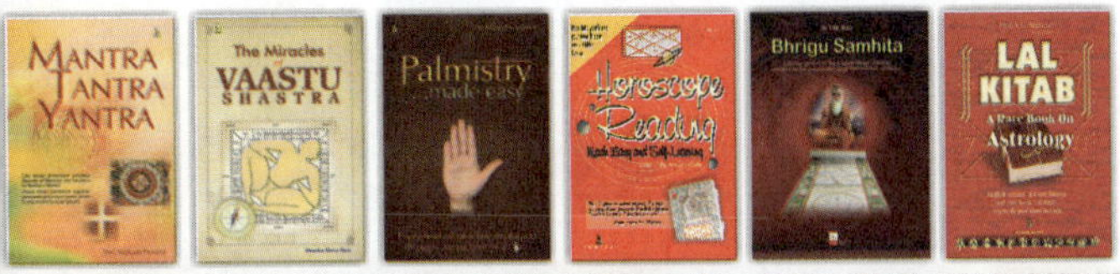

9871 A • ₹ 240/- 9693 H • ₹ 195/- 9671 F • ₹ 195/- 2127 D • ₹ 150/- 4177 C • ₹ 195/- 9086 A • ₹ 295/-HB

2116 D • ₹ 150/- 8259 D • ₹ 88/- 2109 F • ₹ 150/- 2112 D • ₹ 120/- 3110 B • ₹ 100/- 2133 B • ₹ 96/-

8899 D • ₹ 110/- 2125 D • ₹ 80/- 8925 D • ₹ 96/- 2132 A • ₹ 150/- 9432 D • ₹ 150/- 2120 D • ₹ 150/- 2109 F • ₹ 100/-

ENGLISH IMPROVEMENT

97540 D • ₹ 175/- 5541 C • ₹ 196/- 6651 E • ₹ 175/- 9448 D • ₹ 175/- 9056 A • ₹ 125/- 5538 D • ₹ 100/-

PERSON & PERSONALITIES

9669 D • ₹ 120/- 9825 E • ₹ 150/- 2113 D • ₹ 195/- 9764 R • ₹ 100/- 8991 D • ₹ 120/-

BODY/BEAUTY CARE

8093 D • ₹ 150/- 9986 B • ₹ 150/- 8971 B • ₹ 120/- 9922 F • ₹ 120/- 8865 F • ₹ 120/-

JOKES HUMOUR & SATIRE

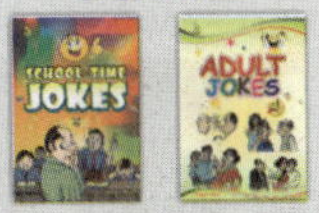

2342 C • ₹ 100/- 2343 D • ₹ 100/-

2341 B • ₹ 60/- 2318 A • ₹ 96/-

2330 B • ₹ 96/- 2319 B • ₹ 96/-

FICTION

Set Code SH 001

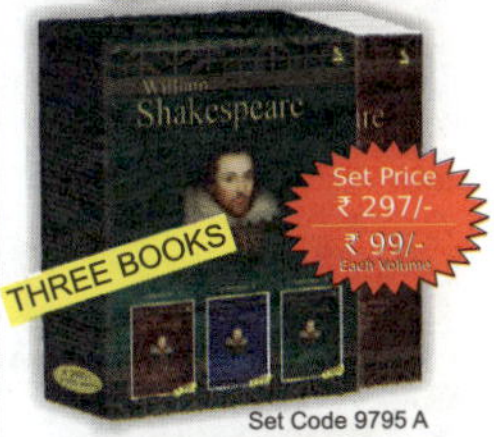

Set Code 9795 A

Set Code 9752 B • ₹ 550/-

PARENTING

9906 J • ₹ 175/- (HB) 8261 D • ₹ 180/-

9674 J • ₹ 220/- 9784 J • ₹ 150/-

9594 K • ₹ 80/- 8917 D • ₹ 120/-

FUN, FACTS, MAGIC & MYSTERIES

9484 B • ₹ 150/- 2275 D • ₹ 120/- 9479 M • ₹. 120/- 9470 B • ₹ 100/-

2208 M • ₹ 100/- 9816 D • ₹ 100/- 2247 F • ₹ 100/- 2250 A • ₹ 110/-

2211 F • ₹ 100/- 9457 E • ₹ 150/- 2237 M • ₹ 80/- 2335 A • ₹ 80/-

2243 L • ₹ 100/- 9775 M • ₹ 100/- 9985 A • ₹ 80/- 5110 A • ₹ 80/-

2337 C • ₹ 96/- 2336 B • ₹ 100/- 2331 C • ₹ 100/- 9977 B • ₹ 100/-

YOGA & MEDITATION

8269 A • ₹ 195/- 9998 D • ₹ 120/- 8939 D • ₹ 96/- 9080 C • ₹ 24/-

9958 S • ₹ 160/- 9087 B • ₹ 120/- 2118 F • ₹ 120/-

8901 D • ₹ 150/- 8099 D • ₹ 80/- 9025 D • ₹ 80/-

HOMEOPATHY, AYURDEDA

9446 B • ₹ 150/- 8887 D • ₹ 175/- 8270 B • ₹ 165/- 8923 D • ₹ 195/-

8010 D • ₹ 96/- 9094 E • ₹ 96/- 8944 D • ₹ 175/- 8948 A • ₹ 120/-

WORLD FAMOUS SERIES

9472 D • ₹ 100/- 2337 C • ₹ 100/- 9483 A • Rs. 100/- 51107 • ₹ 100/- 9766 A • Rs. 100/- 9489 G • Rs. 100/- 9761 M • Rs. 100/-

World Famous Mysterious Objects
True Stories of Mowglis and other Wild Childrens
World Famous Treasures (Lost and Found)
World Famous WARs & Battles
True Stories of Mystic Places
World Famous Adventures
World Famous Military Operations
World Famous Spy Scandals
World Famous Spies & Spymasters
World Famous Crooks & Con Men
True Stories 81 Weird Humans
True Stories of Great Explorers
World Famous Ghosts
World Famous Strange Mysteries
and many more.......

₹ 100/- each book

LOVE, ROMANCE & SEX

9602 B • Rs. 125/- 8260 D • Rs. 96/- 8266 D • Rs. 80/- 8278 C • Rs. 100/- 8916 D • Rs. 120/-

MORAL, WISDOM & FAIRY TALES

9677 P • Rs. 150/- 9486 D • Rs. 250/- 9763 P • Rs. 150/- 8967 F • Rs. 80/- 9077 E • Rs.120/- 9563 N • Rs. 125/-